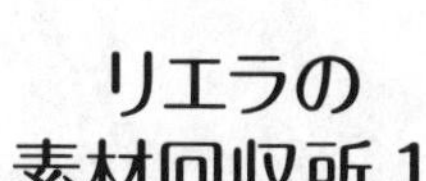

リエラの素材回収所 1

霧聖羅

Seira Kiri

Regina

レジーナ文庫

登場人物紹介

CHARACTERS

アスラーダ

アスタールの兄。
リエラにとっては魔法の
実技の先生でもある。

アスタール

リエラの師匠。
迷宮都市に錬金術の
工房を持っている。
無表情な
長耳族の青年。

リエラ

孤児院出身の少女。
錬金術師の適性があると
言われてアスタールの
工房に弟子入りした。

レイ
セリスの弟。女性に優しくよくモテる。
セリス
アスタールの従妹。リエラに調薬を教えてくれる、憧れのお姉さん。
スルト
猫耳族の少年。リエラとは幼馴染で一人前の探索者を目指している。
ルナ
セリスの妹。明るく元気な性格でリエラと仲よし。
アストール
アスタールの妹。まだ赤ちゃんなので上手く喋れない。

目次

リエラの素材回収所 1

プロローグ

「ごちそうさまでした～！」

いつも通りの質素なスープとパンだけの朝食を終えると、大急ぎで自分の使った食器を片付け、おなじみの面子(メンツ)と共に孤児院の玄関へ向かう。

「みんな、忘れ物はない？」

玄関には、リエラ達を見送るために待っているシスター・アリスの姿がある。

彼女がお決まりの質問を投げかけながら玄関の扉を開けると、はちみつみたいな金色の髪が光を反射してキラキラと輝く。

同じ丸耳族(まるみみぞく)だとは思えない綺麗な色の髪の毛で、正直リエラは羨(うらや)ましい。

こんなバサバサの赤毛じゃ髪形も限られちゃうし、彼女みたいなサラサラの金髪がよかったなぁ。でも、これはないものねだりだと思うからナイショなのです。

あ、丸耳族というのは読んで字のごとく、丸っこい耳をしている人族(じんぞく)のこと。

人族というのは会話可能な二足歩行の生き物の総称で、耳の形や、目の数、獣相（じゅうそう）の加減等によって◯◯族っていう区分がなされる。

リエラ達はお互いに目立った忘れ物がないかどうかをザッと確認し合うと、声を揃えてシスター・アリスに応える。

「「「「大丈夫です～！」」」」

「それじゃ、基礎学校の最終日、頑張ってきてね」

シスター・アリスのいつもの言葉を聞きながら、道端（みちばた）の根雪を横目に学校へと駆け出した。

リエラが暮らしている国、イニティ王国の都市部には基礎学校というものがある。七歳から十二歳になるまでの間に、基本的な文字の読み書きや簡単な計算を教えてくれる場所だ。

小さな村や町にはないけれど、人口の多い大きな町に住んでればどんな身分の子供も通うことができる教育機関。

リエラが生まれ育ったエルドランの町にもあるから、孤児院の子達も通っている。

ここで学ぶことは結構重要。だって、親のいない子でも読み書き計算ができればお仕事が見つかりやすくなるんだから。

今日は、その基礎教育課程の修了の日だ。

この日は、先生方が座学の成績や実技の結果から、適性に合った見習い仕事や上級教育課程への斡旋書（あっせんしょ）を書いてくれる。

ある意味、子供から大人へ仲間入りができる日とも言えるから、この日を待ち望んでいたのはリエラだけじゃないハズ。

――まあ、それでもまだ半人前扱いなんだけどね。

斡旋（あっせん）してもらえるお仕事によっては、今日のうちに孤児院を出ることができるかもしれない。

そうそう孤児院っていうのは、親のいない子供を育ててくれている施設のこと。猫神ミルル様を祀（まつ）る猫神教の教会が運営している。

猫神様の伴侶（はんりょ）である創造神様がヤキモチを焼くから、猫神教の教会は男子禁制なんだけど、孤児院にはちゃんと男の子も保護されている。

神様の名前を直接口にするのは不敬だからと、名を伏せて猫神様、創造神様と呼ぶのが普通。そのくせ、お金の単位は『ミル』だ。どう考えても語源が猫神様の名前っぽいのが不思議だよね。

ああ、話が逸れた。

とにかくシスター達の負担を減らすためにも、リエラは早くお仕事を決めたいな。

午前中に卒業式が終わると、次は進路相談のための面談の時間。

これは適性診断を元にした面談で、それぞれの生徒に合わせた進路が紹介される。

この面談によって、更に上級の教育課程に進むか、それとも弟子入り先を探すことになるかが決まってくる、とても大事なモノ。

「リエラさんの成績で特に優れていると思われるのは、工作技能ですね」

リエラの担当をしてくれるネリー先生は、はちみつ色の髪に紺色の瞳をしている。ザ・できる女って感じの素敵な猫耳族（ねこみみぞく）のお姉様だ。

冷静そうなイメージを強調するかのようなメガネ姿もまた素敵すぎ。

年齢を考えると一般的にはお姉様じゃないかもしれないけど、リエラ的にはまだまだイケテル。

え？　いくつなのかって？　……女性の年齢は聞いちゃいけないものだから内緒です。

まあ、リエラより大きな子供がいてもおかしくない年齢だったはず……？

「魔力総量も多いので選択肢としては、魔術学院に進むか職人の見習いになるか、といったところでしょうか」

魔術学院！　それに職人かぁ……

どっちも面白そうだけど、金銭的に魔術学院は無理だね。

魔術学院は王都近くのスフィーダという遠い町にある上に、学費が必要だ。すぐに稼ぎ手になる必要がない程度には裕福な家の子が行く場所だと思う。

旅費の工面（くめん）すら難しい、リエラが通うのは無理だよね。

そうなると、職人を目指すというのが現実的な進路だ。職人なら住み込みが基本だから、孤児の仕事先としては悪くない。

それに、頑張りが認められれば独立してお店を持つことも夢じゃないよね？

「見習いで入れそうなのは、どんな職人さんのところになりますか？」

「リエラさんの得意分野ですと、この辺りになりますね」

できることなら孤児院に仕送りしたいし、どうせなら稼げそうな職人のところに弟子入りしたい。そう思いながら訊（たず）ねると、先生はあらかじめ用意していた職人のリストを机に置いてくれた。

細工（さいく）職人さん。

縫製（ほうせい）職人さん。

革細工（かわざいく）職人さん。

リストに目を通していくと、なんだか手先を使いそうなお仕事が多い。

その中に、ちょっと意外な職業があって、思わず二度見してしまう。

「――錬金術師って、職人さんなんですか？」

職人さんのうちに入っているとは思ってもみなかった、お金が稼げそうなお仕事。

だから、思わず訊ねる声も上擦っちゃう。

「錬金術師も職人の一種になりますね。ある程度の魔力を保有している必要があるそうですが、リエラさんなら問題ないでしょう」

ということは、魔術学院に入れるくらいなら問題ないのか。

「ちなみに、簡単な魔法なら身につくという噂もあります。悪くない弟子入り先だと思いますよ」

お仕事を覚えながら、魔法の勉強もできるかもしれないなんて、とってもお得！

リエラ的には、素敵すぎると思います。

「勘違いしがちですが、錬金術はおとぎ話のように大きな窯でぐーるぐる……でポンっと何かが生み出されるわけではなく、地味な下準備が必要とされます。仕事内容も薬品作りのみではありません。工房によっても仕事の内容が変わってくるので、職場の事前リサーチは必須ですよ」

「錬金術師って、魔法の窯でお薬を作るお仕事なんだとばっかり思ってました……」

そっか、錬金窯はないのか……

ちょっとイメージが崩れてしょんぼりしながら口にしたリエラに、ネリー先生はメガネの位置をクイッと直して補足説明してくれる。

「確かに、錬金術師の製作物で特に有名なのは魔法薬ですね。魔力を帯びた薬は、通常の薬と比べて著しく効果が高いという評判です。ただ……本来ならば錬金術師を名乗るには、魔法薬だけでなく魔法具等も作れるようにならなくてはいけないらしいです」

「魔法具もですか!?」

「魔法具も、です」

それは……いずれ独り立ちできれば、随分な高収入を狙えるお仕事ってことだよね。

どこの家庭にもある調理用の魔法具だって、結構なお値段がするんだもの。

具体的には、一つで百万ミルとか……四人家族が三～四ヶ月は普通に暮らせる金額だ。

魔法具を作れるようになったら、仕送りだって夢じゃない。

「実際には、どちらかを専門にする人が多いですけどね。お薬専門の錬金術師は調薬師、魔法具専門の錬金術師は魔法具師と呼ばれています。リエラさんならどちらもこなせそうですし、錬金術師はおすすめですよ」

「お薬も魔法具も作れるなんて、錬金術師ってすごいんですね〜！」

「お薬ではなく『魔法薬』ですよ。効果も値段も段違いな代物ですから間違えないように。それでは、錬金術師への推薦状を用意しますか？」

「はい、お願いします」

色々な意味でわくわくしながらネリー先生を見上げると、彼女はにっこり笑って書類にペンを走らせる。書き上がった推薦状を封筒に入れ、丁寧に封をしてから学校印を押す。

「この封筒を斡旋所の窓口で見せれば、その後のことは教えてもらえます」

「ありがとうございます」

「それから、こちらが卒業証書です。リエラさん、あなたのこれからの活躍を楽しみにしていますよ。卒業、おめでとう」

推薦状を手渡した後、卒業証書を差し出しながらネリー先生がにっこりと微笑む。

「ネリー先生、今までありがとうございました」

リエラは、二つの書類を胸にぎゅっと抱きしめながら頭を下げると、進路相談室を後にした。

これで明日から、斡旋所でのお仕事探しが始められる。

一日でも早くお仕事を決めるぞと、帰り道で気合いを入れ直した。

さよなら　エルドラン

リエラは翌日の朝一番に、斡旋所へとやってきた。

斡旋所は三階建ての大きな建物で、クリーム色のレンガ造りで小綺麗な感じ。昨日まで通っていた学校よりは小さいけれど、初めて来る場所だからなんだかドキドキする。

とはいえ、いつまでも斡旋所の前に突っ立っているわけにはいかない。

思い切って、大きな木の扉についた取っ手を引っ張る。

……でっかいだけあって、すんごく重い。

カランコロン。

重い扉を開くと柔らかい鈴の音が鳴った。思わず音の源を探してみると、扉の上に大ぶりな鈴が取り付けられている。

アレが音源か、と納得してから改めて中を見回す。

入り口は吹き抜けのホールになっていて、夏は涼しそう。まだ春になったばっかりだから、感じるのは肌寒さの方だけど。

遠目に受付と書いてあるカウンターがいくつもあるのが見える。

あそこに、もらった推薦状を持っていけばいいのかな？

入り口の左手に階段があるから上の階にも行けるみたいだけど、今は用事がないし無視しよう。

斡旋所の中には、リエラと同じ目的で来ているらしい人達が思ったよりも大勢いた。同い年の子ばかりかと思いきや、意外と大人の姿が多い。

最初は、どの窓口に行けばいいのか分からずに戸惑ってしまう。

でも、何やら上の方に視線を向けている人がいたおかげで、カウンターの上に業務内容が書かれた木の札が吊るされていることに気付けた。

全部で六つある窓口のうちの三つは、職業斡旋受付。そこには若者と言うより、おじさんと言った方がいいような年齢の人達が大勢並んでいる。

その一方で並んでいるのが一人しかいない窓口は、求人受付。窓口の数も一つだ。仕事を斡旋してほしい人よりも、求人の方が少ないってことなのかな？

最後に、新卒受付窓口が二つあるけど、きっとこの時期以外は職業斡旋受付なんだろう。

そこまで行ってやっと同級生の姿を見つけて、なんだかとてもほっとした。大人の姿ばっかりだから、場違いな気がして居心地が悪かったんだよ。

リエラも列に並ぶために足を向けると、一番後ろの子が手を振っている。

アレは、学校で隣の席だったアンナちゃん！

彼女は茶髪で愛嬌のある顔立ちをした、丸耳族の女の子だ。

「リエラ、リエラ！　ネリー先生に言われた適職、なんだった？」

リエラが後ろに並ぶと、彼女は目をキラキラさせながら小声で訊ねてくる。

「んとね、錬金術師。アンナちゃんは？」

リエラも小声で囁き返したら、彼女は「おおー！」と大きな声を上げかけてから口元を慌てて押さえ、人の注目を集めていないかと辺りをキョロキョロ見回した。

特に誰も注目していないのを確認すると、興奮した様子でリエラの手を取って上下に振り回す。

「リエラすごいね!!　錬金術師って魔法の才能がないとなれないんじゃなかった？　わたしはねー、販売員。お店でお客さんに『いらっしゃいませ』ってやるんだー♪」

「おおお～♪　アンナちゃんなら、すごく似合いそう！　どんなお店を探すの？」

「う～ん？　お洋服のお店もいいけど飲食店もいいし……。お店の種類はたくさんあるから悩んじゃう」

「よし、アンナちゃんが腕っこきの販売員になって、リエラが凄腕の錬金術師になったら、一緒にお店を開こう!!」

「わわわ！　いいねいいね！　リエラとお店ができるように、頑張る！」

そんな話をしていると、いつの間にやらリエラ達の順番が来た。

今の話が実現するかは怪しいものだけど、まずは弟子入り先を探さないとね。

受付のお姉さんにネリー先生からもらった推薦状を渡すと、求人情報の見方を教えてくれる。と言っても、壁際に並んだ棚の一角にある紫色の求人ファイルの中から、気に入ったものを受付に提出するっていうだけ。

お姉さんにお礼を言ってから探してみたんだけど、該当のファイルはたったの一冊……！

選択肢が少なくてがっかりしながら開いたら、中身もスカスカ。五枚だけ。

一瞬、目の前が真っ暗になったよ!?

こんなに求人が少ないんじゃ、錬金術師になるなんて夢のまた夢なんじゃ……？

ちょっぴり途方に暮れたものの、気を取り直して内容にきちんと目を通してみる。だってね、モノは考えようなのだ。量より質の方が大事なんだから！

一件目。

・実務経験五年以上の経験者のみ。

この求人は、新卒者向けじゃないらしい。残念、あうとー！

二件目。

・未経験可。

・地属性魔法が使用できる人のみ。（未習得不可）

・面接は現地にて。（交通費支給なし）

リエラは魔法の勉強はしたことがないし、この工房はエルドランの町からはちょっと遠い。交通費も持ってないし、あうとー。

なんか、敷居が高い……

三件目。

・未経験可。

・男性のみ。

リエラは女だから、あうとー。

四件目。

・未経験可。

・若い女性のみ。

……若い女性限定なのが気になるけど、他になかったらここしかないかな？　一応、若い女性……ではあるし？

五件目。

・実務経験一年以上の経験者、男性のみ。

未経験で女なので、あうとー。

なんということか、四件目以外にはリエラが応募できそうなものがないんだけど……。

頭を抱えつつ、四件目の応募条件を改めて見直す。

・未経験可。

・若い女性のみ。

・工房主　男性。

・募集人数　一名。

・募集年齢　十五～二十までを希望。

リエラが穿った見方をしすぎなのか、最後の条件がいわゆる結婚適齢期だから、恋人募集とか嫁募集とかそういう方向に見えて仕方がない……

リエラは十二歳だから先方が希望している条件とは違うけど、他に応募できそうなのがないし、ここに応募してみるしかないかな……？

ちょっぴり泣きたい気分だ。

やるせない気持ちになりながら応募条件を睨みつけていると、不意に後ろから声をかけられた。

「失礼。新規の求人票をそのファイルに入れさせてもらえるかね？」

慌てて振り向くと、背の高い男の人がリエラの手にした紫のファイルを指している。

やたらと綺麗な顔立ちをした長耳族の男の人だ。

真っ白な肌に、切れ長で少し吊り上がった目。琥珀色の瞳が、肩の辺りで切り揃えた癖のない真っ直ぐな黒髪によく映えている。

年齢は二十代半ばくらいで、ちょっとキツそうにも見える容姿だけど、なんだか雰囲気が柔らかいから近寄りがたい感じはしない。

あんまりにも美人さんなので、しばらくぽかんと口を開けたまま見惚れてしまった。

目の保養ありがとうございます。

「……入れさせてもらってもいいかね……？」

表情は変わらないものの、なんとなく途方に暮れた雰囲気で再び訊ねられて、やっと我に返る。

「あ！　はい！」

手にしたファイルを慌てて差し出すと、彼はほっとした様子で一番後ろのページに求人票を挟み込む。中身を軽く確認してからファイルをリエラに返すと、少しためらった後に質問を投げかけてきた。

「錬金術師になりたいのかね？」

「はい！　できるなら、ですけど」

「なるほど。では、もし条件が合うようなら、是非私の工房に応募してくれたまえ」

彼は小さく頷くと、少し目を細めてから軽く頭を下げて、斡旋所を出ていった。

多分、今のは睨んだんじゃなくて微笑んだんじゃないかな？　なんとなく、そんな感じがしただけだけど、ドキドキしちゃったよ！

「リエラ、リエラ！　今のお兄さん、すごい美形だったね～！　何話してたの？」

彼がいなくなると、アンナちゃんが興奮に鼻の穴を膨らませながらやってきた。きっと、目の保養をさせてもらいながらも、話しかける勇気が出なかったんだろう。

気持ちは分かる、分かるよ！　あっちから話しかけてもらえなかったら、リエラも目の保養だけで終わらせていたからね。

「美人さんだったね～！　なんかね、条件が合ったら応募してって言われたよ」

「リエラのファイルに入れてったってことは、錬金術師さん？」

「多分、そうじゃないかな？」

リエラはそう答えながら、追加された求人票に目を通す。
・新卒の未経験者のみ。
・性別不問。
・賃金は習熟度により変動。
・十年以上働けること。
・魔法の素質が認められており、住み込み可能な者のみ。
んんんんんんんん！　いいかもしれない！

初めて、まともに応募できそうな求人に出会えた。

最後の魔法の素質っていう部分が普通ならネックになりそうなところだ。でも、リエラの場合は学校からの推薦状もあるし、条件は全部クリアしているはず。

「アンナちゃん、リエラ、あのお兄さんのとこに応募してみる！」

求人票を見せると、彼女はキラキラした目でコクコクと頷く。

「いいんんん！　採用されたら、絶対リエラのとこ遊びに行くね！」

リエラとアンナちゃんはガシっと手を握り合って、決意を込めた視線を交わす。

アンナちゃんはリエラをダシに、美形さんとお近づきになる気満々だ。彼女のそういう、行動的なところは割と好き。

それはともかくとして、なんとか美形のお兄さんの工房に弟子入りできますように……！

あんまり贅沢を言える立場じゃないけど、お年頃の女性のみという偏った募集をかけているところには、できれば面接にも行きたくない。

合格不合格は別として、なんか精神的ダメージを負いそうな予感ががががが……

早速、斡旋所のお姉さんに求人票を渡すと、受け取ったお姉さんは大慌てであのお兄さんを探しに行ってしまった。

どうやら彼は遠方の人で、この町に滞在している間しか面接できないらしい。

そんなわけでお兄さんが捕まり次第、早速面接してもらうことになったみたいだ。

「リエラさん、面接は専用の部屋で行いますのでこちらへどうぞ」

お兄さんを探しに行ったお姉さんとは別の人が、遠方から来た人が面接をするために用意されている小部屋へ案内してくれた。

ちょっとビックリだけれど、そういった部屋を必要とする程度には遠方からの求人もあるってことなのかな？

「では、おかけになってお待ちください」

ぺこりと軽くお辞儀をして、お姉さんBが部屋を出ていく。

「ありがとうございます」

リエラのお礼、聞こえたかな？

彼女が出ていった扉を眺めていても仕方ないので、部屋の中を見回してみる。

窓には飾り気のないベージュのカーテンがかかっているけど、開け放たれているから、少し肌寒い。

窓は木戸だし、閉めると真っ暗になりそう。春の日差しの暖かさに期待して窓際に移動する。

……ちょっぴり、ぬっくいかな？

部屋の中央には飾り気のかけらもない四角いテーブルと、作り付けの椅子が四脚。

普段は使われていないことが分かるくらいに殺風景で、暇潰しに見るものも特にない。

「うーん……座っていてもいいのかな……？」

少しの間悩んだものの、椅子に座るのはとりあえずやめておいた。

扉を気にしつつ、窓から外を眺めて時間を潰すことにしよう。

ここは三階だけど、周囲も同じ高さの建物が多い。見えるものといえば、建物の壁に、窓に、路上を歩いていく人達だけ……

正直、見て時間を潰せるほどのものはないけど、部屋の中で宙を眺めるよりはマシか。

仕方がないので、窓から顔を出してぼんやりと空を見上げた。

「いい天気だなあ。こういう日は、洗濯物がよく乾くんだよね」

まだ始まってすらもいないけど、早く面接終わらないかなぁ……

雲ひとつない青空を見上げてぼんやりしつつ、面接が終わった後の予定を立てる。

妥当なのは、大急ぎで帰ってシスター達のお手伝い、かな？

孤児院っていうやつは、遠慮なく汚す子供がたくさんいるから、晴れの日には干しているシーツや服で庭が埋まっちゃうくらいに、洗い物がたくさんあるんだよ。

あ、いざとなったら洗濯屋さんを開業するのもいいかもしれない。

まぁ、お客さんなんてそんなに来ないだろうけど。

適当な椅子を移動させて窓の外を眺めながら時間を潰すうちに、対面にある建物の開けっ放しになった窓際に、時計草の鉢があるのを発見！

これで、どれだけ時間が経ったかが分かるね。

ちなみに時計草っていうのは、時間の経過を教えてくれる多年草。生命力が強くて、荒れ地でも増えていっちゃう雑草だから、町中では鉢植えにしておくのが普通だ。

部屋の印象って、植物があるだけで随分違うよね。色や形が様々で、観葉植物の代わりにもなる時計草は、とっても便利なんだよ。

千切っても一日くらいなら平気で時を刻んでくれるから、手首に巻きつけて歩く人もいる。便利だけど、実が美味しくないのが玉に瑕だ。

チラチラと時計草を見つつ待つこと、三十分。

やっと、この部屋に案内してくれた人と一緒に、さっきの美人なお兄さんが入ってきた。

「リエラさん、お待たせしました。後はこちらの工房主さんとの面談になります」

慌てて椅子から立ったリエラにそう言うと、お姉さんBはさっさと部屋を後にする。

そうしてリエラは、美形なお兄さんと二人きりで取り残された。

どうしたものかと悩むリエラに彼は軽く頭を下げる。

「早速の応募、痛み入る。……とりあえず、私の正面に座ってくれたまえ」

彼はそう言うと、手近にあった椅子に腰かけた。

リエラもぴょこんとお辞儀をして、その正面にある椅子に座らせてもらう。

「まずは自己紹介から。私はアスタール・グラム。グラムナード錬金術工房の工房主だ」

「今年、基礎教育課程を卒業した、リエラと申します」

リエラも名乗り返してお辞儀する。

彼の手元には既にネリー先生が用意してくれた書類があるから、分かっているかもしれないけど、自分だけ名乗らないのも変だよね？

それにしても、姓があるってことは、貴族か……

工房主ってことは、貴族の次男坊とか？

「さて、簡単に説明させてもらってもいいかね？」

リエラに問いかけると同時に、アスタールさんの左の耳がぴょこんと揺れた。

「はい、お願いします」

「まず、私の工房はここから馬車で三日ほど行ったところにある町だ。そのため、住み込みで働いてもらうことになるのだが……。問題はないかね？」

あ、また左の耳がぴょこんとした！　問いかける時の癖なのかな？

耳の動きとは対照的に、表情はほとんど動かないのがなんだか不思議。

人形みたいに顔立ちが整っているから無機質なイメージなのに、問いかけるたびに動く耳がとてもコミカルで、妙に可愛いらしい。

おっと、質問に答えなきゃ。

「住み込みは問題ないです」

むしろ、助かります。

基礎学校を卒業した後、一ヶ月の猶予期間はある。でも、その期間が終わったら孤児院を出ないといけないんですから。

「では、次は賃金について。三ヶ月間は見習い期間として毎月十二万ミル。ここから衣食住の代金として五万を差し引き七万ミルの支給になる。四ヶ月目以降は、仕事の習熟度によって見習い期間の賃金に上乗せした額を支払うことになる。だが見習い期間を過ぎても成長が見られない場合は、一年が経った時点で師弟契約は終了とさせてもらいたい」

今度は両耳がたらんと肩につきそうなくらい下を向く。これはどんな感情表現なんだろう？

とりあえず彼の感情表現のことは置いといて、今聞いた条件について考えよう。

未経験可の求人なのに、お給料は破格だ。

どこの求人票にもお給料については書いてなかったから、相場は分からない。でも、衣食住の代金は倍以上取られてもおかしくないんじゃないかな？

安い部屋をひと月借りたとしても、五万ミルよりはかかるような気がする。もしかしたら、地域によるのかもしれないけど。

まぁ、手取りが多いのは嬉しいからいいか。

師弟契約解消は困るから、必死に頑張る方向で。

「お給料の条件にも問題はありません」

「では、仕事の内容について話してもいいかね？」

左耳がぴょこん。

「あ、一つだけ質問いいですか？」

「うむ」

左耳がぴょこん。

「念のため、五万ミルが差し引かれることになる衣食住について、詳しく教えていただけますか？」

あ、両耳がピンと立った。

この急な動きは、質問内容にビックリしたってことなのかな？

彼は視線を部屋の中で少し彷徨(さまよ)わせると、リエラの方に向き直る。

「この部屋……と同程度の広さがある個室。それから仕事着・寝巻・下着類・着替え三着程度に、三度の食事……といったところになるかと思う。細かいことは他の者に任せているので分からないのだが、不都合があればその都度伝えてほしい」

答えてくれている間中、右耳がピコピコと忙(せわ)しなく動く。

もしかして、想定外の質問に慌てている感じなのかな？

なんだか申し訳ない。

いやいや、生活環境は先に聞いておかないとダメだよね。台所の隅っこで毛布かぶってガクブルとか、ないとも限らないわけだし！

でも、個室。個室かぁ……！

孤児院では大部屋にみんなで寝ているから、個室なんて初めてだ。

ドキドキしちゃう。

「ありがとうございます。次のお話をお願いします」

「では、仕事の内容について。しばらくの間は薬品の調合等を学びつつ、魔力の扱い方を覚えてもらうことになる。簡単な薬品の調合には魔力は不要だが、高度な調合には魔力を必要とする。最初にコツを掴むまでは時間がかかるだろうから、簡単なものから少しずつ教えていくことになるだろう」

「分かりました。頑張って覚えていきたいと思います」

「現時点で説明できることはここまでなのだが、契約に差し障りはあるかね？」

左耳がぴょこん。

今までの傾向からすると、やっぱり質問の時は左耳がぴょこんでよさそうだ。

これからできるだけ長くお付き合いできるように、こういう小さな癖を覚えておこう。

この人は感情が顔に出ないけど、その代わり耳の動きで分かるのは正直助かる。これで耳も全く動かなかったら、かなり神経を使うことになりそうだ。

「問題ありません。お師匠様、これからよろしくお願いします」

リエラは、今日からお師匠様になった彼に、ぺこりと頭を下げた。

面接が終わった後、アスタールさん（『お師匠様』は嫌らしい）から、一ヶ月後までに工房へ来るようにと言われた。

テーブルの上に現地までの地図と紹介状と一緒に、旅費の入った布袋が置かれたのには正直ビックリだ。

普通は会ったばかりの相手に、現金を渡したりはしないよね？

そもそも現地までの旅費を出すこと自体、珍しいんじゃないかと思う。

旅費を出してくれるとしても、着いてからとかじゃないかな？　先に渡すと旅費だけ受け取って、トンズラされる可能性もありそうだけど……

あ、リエラはそんなことしないよ？

とんとん拍子で決まった、この条件のよい弟子入り先を逃すわけにはいかないし！

アスタールさんは一ヶ月間、他の町も回って求人を続ける予定らしい。紹介状があれば早く着いていてもいいそうだし、用意ができたら向かってしまおう。

そういえば、工房のある町の名前を聞いていなかったな、と思い出す。

馬車で三日くらいかかると言ってたけど、駅馬車と荷馬車だと一日に進める距離が随分と違うんだよね。

まぁ、アスタールさんが荷馬車で移動している姿は想像つかないから、駅馬車の方かな？

聞いた話だと駅馬車は、一日で二百キロ前後の距離を進むらしい。駅馬車で三日かかるとしたら、六百キロ近くの距離を移動するってことになる。

結構な距離だし、心の片隅に浮かんだ『歩いていく』という方法にはあっさり諦めがついた。

もう少し近かったら、歩いていっちゃうところだったよ。

危ない危ない。

う〜んと……目的地は、地図に赤いインクで丸がついているからここだよね？

この町の北にあるカルディアナ山脈をひょうたん形に刳り抜いたような場所だ。

町の名前は、『グラムナード』。

どっかで聞いたことがある名前だな、なんだっけ？　と首を傾げる。

ぐらむなーど……グラムナード？

あと少しで思い出せそうな気がするんだけど……

うーん？　あ、アスタールさんの工房の名前だ！

喉に引っかかった小骨が取れたような気分になりながら、「聞いたのって、ついさっきじゃん！」と、自分にツッコミを入れた。

まだ、ボケるのには若すぎるよ、リエラ！

地図を開いたついでということで、もらった紹介状の宛名もちらっと眺める。

『湖の青い鳥亭』、『新緑の妖精亭』、『グラムナード錬金術工房』。

名前からして、前の二つは宿屋か何かかな？

そういえば、まだ半人前扱いのリエラは紹介状がないと、一人で宿に泊まれるのかも怪しい。

アスタールさんは半人前の子を採用する予定だったから、あらかじめ紹介状を用意してくれていたのか……ありがたい。

危うく馬車を降りた瞬間に路頭に迷うところだった。途中の町に寄るたびに野宿とか、悲しすぎるよね。

それはそれとして、最後のはアスタールさんの工房の名前だ。

町の名前を冠した工房ってことは、結構大きいところなのかな？

そんなところに弟子入りするのなら、一刻も早く、ちゃんとしたお仕事ができるように頑張らなくっちゃ。

リエラは道の端っこで気合いを入れ直す。

まずはシスター達に弟子入り先を報告して、どうやって現地に向かうか相談しよう。

お勤め先が決まったことを報告すると、シスター・マーサは両手を握りしめて天を仰(あお)いだ。目を閉じて、猫神様へと祈りを捧げているんだろう。

シスター・マーサはこの孤児院の責任者で、おばあちゃんと言っていい年齢の猫耳族の女性だ。優しくて面倒見がいいから、みんな彼女のことを『お母さん』って呼んでいる。

そんな彼女が喜んでくれていることが、リエラはとっても嬉しい。

シスターが再起動したら、お勤め先の詳細をお話ししよう。

「リエラさんのお仕事がこんなに早く決まるなんて思いませんでしたが、本当によかったわ」

再起動したシスター・マーサは、目尻に浮かんだ涙を拭(ぬぐ)いながら笑みを浮かべる。

ほんわかした笑顔がとってもチャーミング。その笑顔を見ると、こっちまでニコニコしてしまう。

リエラにとっても彼女は、大好きで大事な『お母さん』だ。

「リエラも、斡旋所に行ったその日に決まるとは思ってなかったので嬉しいです」

「詳しいことは、お茶でも飲みながらお話ししましょうか」

一緒に食堂へ行ってお茶を用意すると、隅っこの席に向かい合わせで腰かけて仲よくお茶を啜る。

まだ春になったばかりのこの季節、孤児院の中はいつも寒いから温かいお茶は最高のごちそうだ。

本物のお茶は高級品だから、今飲んでいるのは庭のハーブで作ったハーブティーなんだけど。それだって、毎日みんなで飲めるほどは採れないから、特別な時にしか飲めないんだよね……

「それで、リエラさんのお勤め先はどちらなのかしら？」

「えっと、お勤め先はグラムナードという町にあるグラムナード錬金術工房です」

「あら……。グラムナードっていうと、迷宮都市として有名な町ね」

シスター・マーサの言葉を聞きながら、もらった紹介状やらなんやらを並べていく。ついでに、シスターの『迷宮都市』という単語でやっと、町の名前を見てからモヤモヤしていた理由が分かった。

迷宮都市！　そっか、それで聞いた覚えがあったんだ！

アスタールさんが工房の名前として口にした以外にも、どっかで聞いたことがあるような気がしたのは、学校の授業で聞いていたからだ。

迷宮都市グラムナード。確か探索者と呼ばれる人達が必ず一度は行く町として有名なんだっけ。

色んな種類の迷宮がその町に固まって存在していて、そこから産出される資源は国中で利用されているとかなんとか習ったような？

「そうなると、結構遠くなのね……」

シスター・マーサは寂しそうに呟く。

リエラも同感だけど、仕事が決まらないよりはずっといいよね……。

「それで、一ヶ月後までに工房へ来るようにと言われて、そのための旅費と一緒に宿への紹介状をもらいました」

旅費の入った小袋を紹介状の横に置くと、なんだかちょっと重そうな音がする。

「そういえば中身はまだ確認してなかったけど……」

「きちんと確認しておいた方がいいわね」

シスターに言われて開けてみると、金色の硬貨が十枚転がり出てきた。

金貨一枚で一万ミルだから……十万ミル⁉

頭の中で計算して、シスターと思わず顔を見合わせてしまう。

「これは……グラムナードまでなら、三人で行っても少し贅沢な旅ができる金額ですね」

「えっと……。帰りの旅費も先に渡すから、グラムナードまで保護者と一緒に来てくださいってことでしょうか？」

二人で首を傾げたものの、渡した本人がいないからその意図を聞くこともできない。

話し合いの結果、近々同じ方角に行く予定の知り合いがいたら、その人に途中まで同行してもらい、いなかった場合はシスターの誰かに付き添ってもらうことになった。

できれば、そちらに行く予定の知り合いがいてくれるといいんだけど……。いつも手が足りなくて困っているシスター達の手を煩わせるのは、リエラの本意じゃないもの。


同行者さんはシスターが探してくれるということになったので、翌日、リエラは新しく移り住む町のことを調べに図書館へ向かった。

グラムナードのことは一応授業で習ったはずなんだけど、探索者さん向けの町だなーという漠然とした印象を持ったくらいで、その他の情報はよく覚えていないんだよね。

なんというか、そう。

テストが終わったら記憶の彼方っていうやつです。

なので復習しておかないとね……

ところで、イニティ王国の各都市には国営の図書館がある。入館料として千ミルを払えば誰でも閲覧可能なんだけど、リエラ的にはお高い施設だ。

お昼ご飯が二回食べられるくらいの金額だから、この値段を高いと言うか安いと言うかは経済力によって意見が分かれるところだと思うけど。

そして国営の図書館とは別にもう一つ、基礎学校の図書館がある。

これは、在校生と卒業生だけが無料で使える施設で、国営図書館よりも蔵書数は少ないけど、今回の目的には十分だ。

そんなわけで、リエラが向かうのは卒業したばっかりの基礎学校。

卒業してまだ二日なのに、懐かしいような気がするのはちょっと不思議だよね。

門の受付で守衛のおじさんに挨拶をして、訪問者台帳に記帳したら手続き完了。

「リエラちゃん、仕事先は決まりそうかい？」

「昨日、斡旋所に行ったら、とんとん拍子に弟子入りが決まったんですよ」

「おお、それはよかったなぁ」

おじさんの問いに胸を張りつつ答えると、笑顔で頭を撫でてくれる。

なんとも言えない誇らしい気分に、口元がニヨニヨと緩んでしまう。

これはよくない、調子に乗っちゃいそうだ。

「それじゃ、頑張ったリエラちゃんにご褒美をあげないとな！」

おじさんは受付小屋の中でゴソゴソすると、飴玉を一つリエラの口に放り込む。

「ん～♪」

あっま～い♪

飴玉を口の中でコロコロ転がしながら笑顔でおじさんに手を振り、図書館へ向かう。

学校に通っている頃は、あんまり使う機会のなかった図書館。今日も二～三人の卒業生と思しき人達以外には利用者がいないみたい。

司書の先生にぺこりと頭を下げて本棚へ向かう。そして目的の本を見つけると、適当な机の上に広げる。

現地に行ったら、きっと本とは違う感想を抱くんだろうけど、まずは一般的な知識……っと。

『グラムナード観光案内』

〈グラムナードは、複数の迷宮を擁する町である。そのため、探索者ならば一生に一度は訪れる機会があると言ってもいいだろう。

イニティ王国の首都、クレスタから北西へ馬車で七日。切り立った岩山の奥にその町はある。

初めてこの町に立ち寄った者は必ず、その威容に呑まれるという。切り立った崖は天然の要塞であり、人々はその岩山を刳り抜いて住居にしているのである。

この町の外観を見るためだけにでも、行ってみる価値はあるだろう〉

へぇ〜。

岩を刳り抜いたお家って、どんな感じなんだろう？

ちょっと想像がつかないや。

続きは……迷宮の種類について。

〈また、迷宮の数と種類の多さも特筆すべき点である。

森林型・洞窟型・海洋型・高山型等々、思いつく限りの迷宮が揃っているのがグラムナードの特徴である。

迷宮ごとに、種類豊富な魔物がひしめいており、探索者の中にはそのままこの町に住みついてしまう者もいるようだ〉

ふむふむ……

住みついちゃう探索者さんがいるってことは、結構、町自体の住み心地もいいのかな？

住み心地が悪いっていう情報よりはずっといい。

そういえば……去年、探索者になるって言って孤児院を出ていった猫耳君がいたけど、彼は元気にしているかな？

毎日のように口喧嘩していた相手だけど、いないと毎日にメリハリがなくてちょっぴり寂しかった。

本人には絶対に言わないけど。

〈見どころといえば、この町の住人を見ているだけでも心躍る人は多いのではないだろうか？　グラムナードの住人である長耳族は、イニティ王国内でも特に美男美女揃いで有名である。

ただし忘れてはいけないのは、彼等は美しいだけでなく魔法にも堪能であるという点だ。

美しいバラには棘がある。彼等に不埒な行いをしようとした者は、その言葉の意味を噛みしめることになるだろう〉

確かに、アスタールさんも美人さんだったよ。

不埒な……というのは、お触り厳禁ということにしておけば大丈夫なのかな？

首を傾げつつ、ふと外を見ると、大分時間が経っていてビックリした。

自分で思っていたよりも、随分と集中していたみたい。後は興味がある部分だけにして、お夕飯の支度をお手伝いしなくっちゃ。

リエラは慌てて、目次の部分から気になる項目を探す。

あったよあった！　気になる項目。

『グラムナード錬金術工房』のページ、これも一応見ておこう。


その後もグラムナードに行くための準備は順調の一言に尽きた。

そもそも、これといった私物がないから、旅の間に必要な替えの下着を作る以外にすることもないし。

同行者もあっさりと見つかったので、出発の日までは本当に普通の生活を送っていた。

「シスター、みんな。今まで本当にお世話になりました」

いつも通りの質素な朝食。みんなが食べ終わったところで席から立ち上がって、頭を下げる。

お別れ会は昨日の晩にやってもらったけど、改めてきちんと伝えたかった。

「リエラお姉ちゃんも、今までありがとう！」

「リエラさん、何かあったらいつでも戻ってきていいですからね」

「そうだそうだ」

「たまには帰ってきてね」

リエラが顔を上げるのと同時に、そんな声が部屋のあちこちで上がった。なんだか胸がぎゅっと苦しいような感じがして、嬉しいのに涙が出てきてしまう。

なんとか涙を引っ込めて、無理やり笑顔を作ると孤児院を後にする。

もう二度とここには帰ってこられないかもしれないと思うと、また涙が出てきそう。だって、それくらい遠い場所にこれから行くんだもの。

目尻に浮かんだ涙を道端（みちばた）で乱暴に拭（ぬぐ）って顔を上げると、同行してくれるグレッグおじさんのお店へ足早に向かう。

それに、よく考えてみたら、里帰りをしちゃいけないわけじゃない。

それなら、頑張ってお給料をたくさん貯めて、いっぱい里帰りしよう。

まずは、無事に目的地（グラムナード）に着くのが先決だよね！

エルドランの町を出発してから、もう三日。

最初の日の朝は、いつもの孤児院の部屋で目覚めなかったことに驚いて涙が出ちゃったけど、今はなんとか平気。

とはいえ、まだ慣れないけどね。

リエラが同行させてもらっている隊商は、お店の規模によってまちまちな大きさの荷馬車が五台と、それに乗り込む人が十一人。

更に、護衛が十六人もいるから、全部で二十七人の大所帯だ。

護衛のうち六人は、隊商のリーダーさんが個人的に雇っている人達らしい。全員が馬に乗っていて、残りの護衛さん十人は五台の馬車に分乗している。

護衛が馬車に乗る理由は、彼等の歩くペースに合わせると効率が悪い上に、移動で体力を消耗すると、いざという時にお役目を果たせなくなるからなんだって。

「荷馬車は結構揺れるけど、それでも歩くよりはずっと楽なんだ」

そう言って笑うのは、グレッグおじさんの馬車に割り当てられたサリーヌさん。一緒に乗り込んでいるフーリーさんとは双子で、狼耳族（ろうじぞく）の女性だ。

ちなみに、この二人は探索者さん。

探索者っていうのは、魔物や盗賊を退治したり、未開地を探索したり、迷宮や森林から資源を採集したりする人達のこと。

護衛のお仕事もあるというのは知らなかったけど。

大きめの町には探索者協会という組織があって、そこで様々な依頼を受けて生計を立てている。特別な資格がなくても就ける職業だから、仕事にあぶれた人がなることも多い。

孤児院から独立して探索者になる子もいるけど、何かあった時は全部自己責任。危険な仕事も多いから、天寿を全（まっと）うする前に命を落としちゃう人も多いんだって。

リエラは鈍くさいから、仕事にあぶれたとしても選べないお仕事だ。

ところで、出発前に護衛の人達の割り振りをする時、ちょっとした騒動があった。

騒動の原因は、この隊商に参加している人達はグラムナードと末永くお付き合い——つまり美味（おい）しく商売していきたい人ばっかりなんだそうだ。

そのために簡単なのが、現地の人（グラムナード人）と婚姻を結ぶこと。

そんなわけで、メンバーのうちの五人は十代半（なか）ばから二十代前半の娘さん達。いわゆる政略結婚的なモノが目的らしい。

本人達が納得しているならいいのかもしれないけど……ちょっと、乙女としては複雑な気持ちだ。

この前提だけで想像がつく人もいるだろう。騒動の原因は、護衛の中に長耳族——すなわちグラムナード人の男性が交じっていたせいだ。

彼がどの馬車に乗るのか、って話で揉めちゃったんだよね。

商人さん達もその娘さん達も、まるでネズミを前にしたにゃんこみたいで、すごく怖かった……！

長耳族のお兄さんも、ちょっと腰が引けていた。

最終的には隊商のリーダーさんの馬車に乗ることになったんだけど、今はそこの娘さんに言い寄られているみたい。

日に日に憔悴していく様子は他人事ながら、ちょっとお気の毒。

リエラは心の中でひそかに、頑張れとエールを送っている。

接触する気？　ないよ。お姉さん達に敵認定されたら怖いもん……

その他には特に何が起こることもない平穏な旅路。それに変化が生じたのは、小さな村で小休止をした後の、ちょっぴり小腹が減ってくる時間帯だ。

「あー……、右は崖で左手は雑木林。いかにもなーんか出てきそうね」

狼耳をピクピクさせながら、サリーヌさんがポツリと呟く。

「何かって？」

「野盗とかは、こういう見通しの悪いところで仕掛けてくることが多いのよ」

へー、そういうものなのかと思うのと、襲撃が始まったのはほぼ同時だ。

雑木林の中から、まるで雨あられとばかりに大量の矢が飛んできた。

「あんたらは馬車に隠れてて！　フーリー、行くよ！」

「あいよ！」

サリーヌさんは後ろの方に乗っていたフーリーさんに声をかけると、飛んできた矢を切り落としてから馬車を飛び降り、雑木林に向かって駆け出していく。

なんか、戦う女性って感じでとっても素敵。

今から心の中で、サリーヌお姉様と呼ばせてもらうことにしよう。

「サリーヌさん、お気を付けて!!」

「任せとき!」

リエラにそう言葉を返すと、お姉様は雑木林の中から姿を現した男に立ち向かう。男が振り下ろした剣を軽くいなして切り捨てた。

野盗の襲撃は、思ったよりもあっさりと片がついた……らしい。

らしいっていうのは、リエラには初めての経験だったから。本当にあっさり終わったのかどうか判断がつかないんだよ。

「長耳族は魔法が得意ってのは、本当だったんだねぇ!」

サリーヌお姉様も獅子奮迅の活躍をしてたけど、そんな彼女が自分以上の働きをしたと評価するのは、あの長耳族のお兄さんだ。

「リエラは分かってないみたいだけど、アイツが魔法を使って馬車から矢を逸らしてくれてたから、あたし達は思う存分に腕を振るえたんさね」

お姉様は上機嫌で、ジョッキになみなみと注がれたお酒を呷る。

今リエラ達がいるのは、隊商で貸し切りにした宿の一階にある食堂。護衛との親睦を深めるためっていう名目のもと、宴が開かれている。

同席しているのはグレッグおじさんとサリーヌお姉様とフーリーさんの三人だ。

大活躍だったというお兄さんは、少し離れたテーブルにいる。いつにもまして積極的なお姉さん達に囲まれて、どことなく引きつった顔で黙々と食事中。

「戦闘では頼りになるけど、女は苦手なのかねぇ……。ちょっと、恩売ってくるわ」

サリーヌさんはそう言いながらジョッキを片手に立ち上がり、他のテーブルの探索者さん達を誘って彼を救出しに行った。

流石お姉様、男前！　リエラには真似ができそうにないなぁ……


その後の二日間も、盗賊さんだったり野獣だったりの襲撃があった。

なんでも領都を離れれば離れるほど、身の危険は増えていくものなんだって。だから襲撃が毎日あっても、この旅程は『何事もなく順調』だと言えるらしい。

「襲撃の回数自体は多いけど、今回は被害が全くないからね。いつもこうだといいんだけど」

グレッグおじさんが御者台の上で、隣に座ったリエラに話してくれる。

「いつもは怪我する人とかたくさん出るんですか？」

護衛の人達が優秀なのか、今回は怪我をした人が一人もいないみたい。

「怪我どころか、荷物だけ置いて近くの村に逃げ込むなんてこともよくある話だよ」

「えええええええ！　それって大損なんじゃ……」

「そうだねぇ。でも、命あっての物種とも言うしね。そういう場合は、もう一度商品を準備して出直さないといけないんだけど、ギリギリ採算が取れる金額で取引してるからなんとか……ね」

「赤字にはならないんですか……。ってそうじゃなくって、うーんと……」

なんて言ったらいいのかな？

うーんと首をひねるリエラを見て、グレッグおじさんは機嫌よく笑う。それを見たら、上手く伝えられなくって頭を抱えているのがなんだか馬鹿らしくなった。

言いたいことは、なんとなく伝わっているみたいだし、もういいことにしよう。

「リエラちゃん、もうすぐ岩山地帯に入るよ」

グレッグおじさんの言葉に前方を見る。

エルドランの町から見渡す限り黄土色の岩・岩・岩！　が続いていたけれど、その岩山の麓に、馬車が何台も通れるくらいの山道がぽっかりと開けていた。

山の雰囲気も今までと変わって見える。それは岩の形がぶっとい針を空に向けてたくさん生やしたような形に変化しているせいだと思う。

針の根元にも多少のでこぼこはあるものの、そっちは針っぽくはない……って意味が分かるかな？

四角いごつごつした岩が台座のようになっていて、その上にちょっと歪な円錐状の岩が林立している感じと言った方がいいかもしれない。

それも、高いのやら低いのやらが入り交じってデコボコしている。

その岩の間にある山道は、馬車が五台くらいは横に並んで進むことができそうで、そこをゴトゴトと重い音を立てながら隊商は進んでいく。

日が傾きかけるまで進んだ頃、左右にある洞窟が見えてきた。

あと一日程度の移動でグラムナードの町に着くらしい。

「今夜はこの洞窟で野宿だからね」

荷馬車のままその洞窟に入ると、この隊商の倍以上の規模でもまだ余裕があるんじゃないかってくらいに広い空間になっていた。

どういうわけか中がほんのりと明るいことに、リエラはビックリした。

洞窟の中なのに、どうして明るいんだろう？

「ここはね、グラムナードの領主様が作ってくれた休憩所なんだ」

不思議に思ってキョロキョロしているリエラに、グレッグおじさんがそう教えてくれる。

グラムナード側で用意してくれている施設（？）ってことは、何か魔法的なモノが使われているのかもしれない。

奥の方には、馬を繋いで水や飼葉をあげる桶が置かれた厩のような場所もあるし、そこから少し離れた壁際には食事を作るための設備まである。

水場がある上に雨風もしのげるから、意外と居心地は悪くなさそうだ。

「その気になったらここで暮らせちゃいそうですね」

「うんうん。でもね、この洞窟には領主様の許可がないと入れないんだよ」

許可を得ているかどうかなんて、どうやって判別するんだろう？

「さて、野営の準備を始めようか」

馬車を停めたら、この旅で初めてグレッグおじさんと別行動。リエラは他の人達と一緒に食事を作り、おじさんは野営の準備を担当する。

手を振っておじさんと別れると、竈（かまど）に集まっているお姉さん達に交ざりに向かう。

「お食事の準備を手伝うように言われてきました。よろしくお願いします」

お辞儀（じぎ）をしながらそう言うと、即座にたくさんのジャガイモを渡される。

「よろしくね、早速だけど始めちゃいましょ」

「頑張って皮むきします！」

「よろしく～！」

自（みずか）らもジャガイモを手に取って、リエラに片目をつぶってみせるのは、隊商の中では最年少だと思われる十五歳くらいのお姉さん。

今はほんわかした雰囲気だけど、油断してはいけない。長耳族のお兄さん相手には、このお姉さんも肉食獣なのだから……。

まぁ、リエラは捕食対象じゃないから関係ないか。

お料理担当のみんなでお喋（しゃべ）りをしたり、歌を歌いながら準備をするのはとっても楽しかった。

お姉さん達は、もっとこういう風に自然にしていた方がいいんじゃないのかな？

せっかくみんな、可愛いのだから……。

「グラムナード行きの旅路（たびじ）だと、野営はここだけだからね。みんな、結構楽しみにしているんだよ」

道中の宿では捕食対象のお兄さんに群がっていたお姉さん達だったけど、お食事は自然と男女に分かれて取る形になった。

おじさん達の集団は、焚火を囲みながらお酒を呑んでいるみたいで随分と盛り上がっている。男同士の気安さからか、宿の時とはまた違うみたい。

多分、約一名は特にそれを身に沁みて感じているんじゃないかな。

リエラ達女性陣も、おじさん達とは違う方向で大はしゃぎだ。何せここまでの道中、護衛の女性と話す機会のなかった人もいるしね。

実は女性の探索者というのは、そんなに珍しいものでもないらしい。

でも、この隊商で護衛についてくれているのは二人だけ。

だからみんないい機会だと、彼女達の冒険譚を色々と聞かせてもらっている。

焚火の周りで食事をしながら聞くお話は、なんだか自分も冒険しているかのような臨場感があってなかなか面白い。

でも、女性ばっかり集まっているから、いつの間にか話はコイバナ系に……。

いわゆるお約束ってヤツだよね。

「父さんがさ、なんとかグラムナード人に嫁入りしろってうるさくってさぁ……」

「ああ、うちもうちも。仕入れのパイプが欲しいとかなんとか。でも、グラムナードの人って美形が多いし悪くないんじゃない？　今回の護衛の彼も素敵だし！」

「彼もいいけど、早くレイさんに会いたいな。あたし、今度こそレイさんに求婚する……！」

「え!?　レイさんは私のよ～!!」

「あの子って、あんたらよりも年下じゃなかったっけ？」

「二つ三つの年の差なんて、よくある話じゃない。うちのおばさんの旦那なんか五歳下よ？」

「……それじゃ、あたしにもチャンスあり？」

「「ライバル増えた!?」」

　みんな、随分とアグレッシブで楽しそう。

　そういえばグレッグおじさんも、リエラを送ってきたことでアスタールさんの工房と縁が結べないかなーなんて言っていたっけ。

　リエラで役に立てるものならなんとかしたいけど、ぺーぺーの新入りじゃなぁ……。

「そろそろ、その小さいのは寝かせてやったらどうだ」

　突然割り込んできた男の人の声に体がびくっとして、いつの間にか舟を漕ぎ始めていたらしいことに気付く。

あ、ダメだ。目を開けてられない……

「あらら、リエラちゃん、随分と疲れてたのね……」

「悪い、アスラーダ。こっちに寝かせてやっとくれ」

そんな言葉を聞くともなしに聞きながら、体が浮き上がるのを感じる。

アスラーダさんという人が運んでくれてるのかな？

お礼を言おうと口を開いたものの、きちんとした言葉がそこから出ることはなく、慣れない馬車での旅に疲れていたリエラは、そのまま深い眠りに落ちていった。

昨日はいつの間にか寝てしまったみたいで、気が付いたら毛布にくるまっていてビックリした。

運んでくれた人にお礼が言いたかったんだけど、どういうわけか誰が運んでくれたのかはなかなか教えてもらえなくて、やっと聞き出せたのは朝食の準備の時。

でも、その相手が長耳族のお兄さんだったものだから、お礼が言いたくても、お姉さん達に囲まれている彼には近づけない。

何せ夕方には目的地に着いてしまう。

これが最後の機会だからとダメ元でアタックしているんだろう。

中には『レイさん』に告白すると言っていたお姉さんもいるんだけど……アスラーダさんと上手くいっちゃった場合、その人はどうするのかな？

結局、お礼を言えないうちに、出発する時間になってしまった。

残りの道程も順調そのもので、お昼を食べてしばらくするとグラムナードの入り口が見えてくる。

こういうのを、天然の要害とでも言うんだろうか。

岩壁で塞がれた道の両脇の部分にちょうど馬車が二台くらい通れる程度の隙間が空いていて、そこに門扉がついている。

向かって左が入口として、右は出口として利用されているらしい。

周りには門兵さんらしい人がいて、出入りのチェックをしているようだけど、何故か出る人の方が厳しいみたいだ。

普通は入る人のチェックが厳しいものだから、それが少し不思議な感じ。

リエラ達の隊商も、馬車の列の後ろに並んで順番を待つ。

結局、中に入れたのはもうすぐ夕方になりそうな頃で、あんまりにも待ち時間が長かったから居眠りしちゃったよ……

「うわぁ……」

町の中に入ると、思わず驚きの声が漏れる。

リエラが今まで住んでいた、レンガ造りの町とは全然違っていたんだもの。

門から入ってすぐに目に入るのは、大きな湖とそれを囲む瑞々しい緑の木々の姿。ここまでの道中で、黄土色の岩壁と地面に慣れていた目には鮮やかな緑がまぶしい……！

左右を見渡してみると、不自然なくらいに広い土地が開けている。

確か、グラムナードってカルディアナ山脈をひょうたん形に刳り抜いたような形をしていたはずだけど、見えている範囲だけでもリエラが生まれ育ったエルドランの町より広い気がする。

グラムナードの人口は一万人くらいという話だったけど、この広さだったらその十倍は住めそうだ。

「道中とは雰囲気が一変するから、ビックリしただろう？」

「ですねー！」

グレッグおじさんは、リエラの返事に笑いながら続ける。

「あの湖の南の方に、行商店舗街というのがあるんだよ」

「行商店舗街、ですか？」

聞いたことがない言葉に首を傾げると、おじさんが説明してくれた。

「行商に来た人達に貸し出している仮設店舗があってね、裏に馬車を停めるスペースと厩があって寝泊まりもできるんだよ。もちろん有料だし、炊事ができないのは難点だけどね」

「昨日お泊まりした洞窟もそうですけど、随分と親切ですね」

それだけ、行商に来てほしいってことなのかな？

「リエラちゃんを工房に送り届ける前に、探索者協会で依頼完了の手続きと、行商店舗の賃借手続きをさせてもらってもいいかな？」

ちょっぴり申し訳なさそうに訊ねるグレッグおじさんだけど、リエラが否やを言うわけもない。

探索者協会でサリーヌさんとフーリーさんの二人と別れた後、『グラムナード外町管理局』という施設で行商店舗を借りる手続きをした。

ちなみにサリーヌさん達とのお別れは、それはもうあっさりとしたもので拍子抜け。

むしろ、昨日まではほとんど会話もしていなかった婚活中のお姉さん達との別れの方が、なんだかしんみりとしてしまった。

「『外町』ってことは、『中町』もあるんですかね？」

リエラがそう訊ねたのは、目的の工房が『グラムナード外町管理局』から歩くのには少し遠いからと乗せてもらった馬車の御者台の上でのこと。

「ああ、そうだね。ほとんどのグラムナード人はあの砦の向こうにある町で暮らしているみたいだから、そちらが『中町』なんじゃないかな」

おじさんが指さす先には、岩山を刳り抜いて作った砦のような建造物がある。

「あの砦みたいなところの向こうですか？」

「そうだよ。余所者はあの砦の奥にはそうそう入れてもらえないんだけど、リエラちゃんは工房主さんからもらった紹介状を見せれば大丈夫だろう」

そう言って、グレッグおじさんは隣に座ったリエラの肩をポンポンと叩く。

だんだん近づいてきた砦は、さっき通ってきた門よりも警備の人が多い。遠目に見る限り、ここの警備の人達は黒髪の長耳族だ。

外町の門にいた人達もそうだったし、グラムナードの住民のほとんどは黒髪の長耳族なのかもしれない。

そういえば、あのお兄さんの名前ってアスタールさんの名前となんとなく似ている。

もしかすると、名前もみんな同じような感じなのかも。

……どうしよう。もしもそうだったら、これから知り会う人の名前を覚えきれるかちょっと自信がないや。

砦の扉には彫刻が施されている。それが見て取れる距離まで近づくと、そちらの方から警備の女性が一人歩み寄ってきた。

「この先は許可証か、それに類するものがないと通れません。何かお持ちですか？」

「許可証はないですが、紹介状なら……」

他に思いつかなかったので、『グラムナード錬金術工房』宛の紹介状を出して女性に渡す。

女性は紹介状の宛名を検めてから、砦へ向かって大きく手を振った。するとそれが合図だったのか、大きな扉が重い音を立てながら開き始めた。

「錬金術師様の工房へ使者を出します。まずは、こちらへどうぞ」

丁寧に頭を下げてから開いた大扉の中へと入っていく女性が、少し進んだ場所からこちらを振り返る。どうやら彼女が案内してくれるらしい。

グレッグおじさんと顔を見合わせて、一回頷き合うと、彼女の後に続いた。

女性が案内してくれたのは、小ぢんまりしてはいるものの綺麗に整えられた客間だ。

真ん中にローテーブルが置いてあって、それを囲むように座り心地のよさそうなソファがある。

荷馬車の硬い御者台で揺られ続けていたものだから、柔らかそうなソファを見ただけで、もう嬉しくなってしまう。

あ、乗ってきた荷馬車は、大扉の中に入ったところで預かってもらっている。

馬の世話までしてくれるとか、至れり尽くせりだよね……

「こちらでしばらくお待ちください。今、お飲み物をお持ちします」

「ありがとうございます」

リエラとグレッグおじさんが同時に頭を下げると、女性は部屋を出ていった。

おじさんと二人きりになったので、リエラは早速ソファにぽすん！　と勢いよく飛び込む。

「ふっかふか～～～～♪」

きもちいい～！

素敵すぎる座り心地に、ひじかけにほっぺを乗せてうっとりと目を閉じる。

ああ、このまま寝てしまいたい。

リエラがソファに夢中になっている一方で、グレッグおじさんは部屋の検分に大忙し。

ふんわりとしつつも長すぎない毛足の絨毯を見ては唸り声を上げ、天井から下げられた照明には感嘆の声を上げてと騒々しい。

おじさん、嬉しそうだなぁ……などと思っているうちに、リエラは夢の世界に旅立ってしまっていた。

――グレッグおじさんが誰かと話している……？

話し声にぼんやりと耳を傾けていたら、今、自分がどこにいるのかを思い出して大慌てで起き上がる。

いつの間にかアスタールさんが来ていて、グレッグおじさんとお話をしていた。

そんな中で、ぐーすか寝ていたなんて死ぬほど恥ずかしい。いたたまれない気持ちでいると、アスタールさんが立ち上がった。

「さて、彼女も長旅で随分と疲れているようだ。グレッグ殿との話もちょうど終わったことだし、このまま工房に向かうとしよう。リエラ、歩けるかね？」

そっと差し出された手を素直に取ってソファを離れる。

「はい、大丈夫です」

「では、失礼する。グレッグ殿」

「これからよろしくお願いいたします、アスタール殿。リエラちゃんも、頑張るんだよ」

グレッグおじさんはアスタールさんにお辞儀をすると、リエラに笑いかけた。

もしかしたら、アスタールさんとの顔繋ぎ的なことができたのかな？　そうだとしたら嬉しいんだけど。

「はい、グレッグおじさん。孤児院のみんなによろしく伝えてください」

こうして、ようやくリエラはグラムナードの（本当の？）町の中に入ることができた。

グレッグおじさんと別れた後、長い長い通路を巨大なヤギの牽く車に乗って駆け抜ける。そうしてほとんど日が沈みかかっている中、やっとグラムナードの町中に辿り着いた。

夕陽が遠くにも近くにも見えるたくさんの針山をオレンジ色に染める中、針山のあちこちにポツリポツリと灯りが点っていくのが見える。

なんだか、物語の中にでも紛れ込んでしまったような光景だ。現実離れして見えるその光景に、これからの生活に対する不安を不意に感じた。

ほとんど日が沈んでしまっているせいか、辺りに人影は見当たらない。

アスタールさんの操るヤギ車に揺られながら、色が変わっていく空をぼんやりと眺めていると、いつの間にか目的地に辿り着いていた。

手を引かれるままにヤギ車を降りて、目の前にある扉を開ける。すると、柔らかな光と共にアスタールさんの影が道に伸びていく。

「セリス、彼女がリエラだ。随分と疲れているようだから早めに休ませてやりたい。軽い食事と部屋を用意してくれたまえ」

アスタールさんは、扉のそばに控えていた女性にリエラを紹介してくれる。

「はじめまして、リエラさん」

そう言って柔らかく微笑む彼女は、十代後半くらいに見える長耳族のお姉さん。白い肌に、秋の空みたいな蒼い瞳で、サラサラの黒髪がお尻の辺りまで伸びている。

清楚で優しそうな雰囲気に、思わずお姉様と呼びたくなってしまう。

いやいや、ダメだよリエラ、自制を忘れちゃ。

「はじめまして、リエラです。よろしくお願いします」

「セリスと呼んでちょうだいね。まずはお部屋へ案内するわ」

彼女に向かってぺこりと頭を下げると、微笑と共にそんなお言葉をいただいた。

アスタールさんに視線を向けたら頷いてくれたので、安心してセリスさんについていく。

グラムナードの家は岩を刳り抜いて作られているんだと本で読んだけれど、床はつるつるぴかぴか。その上、壁は淡い青の染料で塗られているし、なんだかイメージしていたものとは随分違う。

もっと昨日の洞窟的な、土っぽい感じだと思っていたのに。

「さ、リエラさんのお部屋はここよ」

セリスさんについて二階へ行くと、彼女は歩いて三つ目の部屋の扉を開く。促されるままに入ってみたら、思いのほか広いお部屋だった。

二、三歩入った辺りでキョロキョロしていると、セリスさんが設備の説明をしてくれる。入ってすぐの扉の中には、シャワー室という水浴びのできる小部屋。

水浴び用の部屋とか、初めて見たよ。

孤児院では暖かい時期は井戸の水で水浴びしたりしてたけど、冬場は眠るための部屋で体を拭くのがせいぜいだ。

個室に、水浴び用の小部屋がついているって何⁉　って感じ。

トイレも、なんだか知っているのと違う。

リエラの知っているトイレは、真ん中に穴が空いた椅子の下に大きな汚物入れをはめ込んだもの。ここのは、座って用を足した後に付属のボタンに触れると、水が流れて綺麗になるんだとか。

そんなトイレ聞いたこともないよ……

それから、引き出しやら棚が付属している大きめの作業台が一つと、奥の方に明かり取り兼、換気のための窓が一つ。

作業台があるのは、お仕事以外で何か研究したい場合はここを使うようにということなのかな？

右手の方にある衝立の向こう側には、手元を照らすランプ付きの書き物机とベッド。そのそばの壁には作り付けのクローゼットまであった。

書き物机の上にあるのは魔法具のランプで、根元にあるボタンを触ると光量の調節ができるらしい。ただ、ここの灯りを消すと部屋全体が暗くなるから注意が必要みたい。

荷物は、奥のクローゼットの中に入れることになる。右手の壁全体がクローゼットになっているから、随分とたくさんのものが入りそうだ。

ここまで大雑把に説明を受けただけで、リエラは呆然自失状態だよ。

だって弟子って普通、こんな贅沢なお部屋を使える立場じゃないんじゃないだろうか？

至れり尽くせりすぎる……！

リエラが呆然としている間に、セリスさんがお盆に載せた食事を持ってきてくれた。

それを食べる間、色々な疑問に答えてくれたんだけど……

この家の個室はみんなトイレとシャワー付きで、しかもここより狭いお部屋はないらしい。

カルチャーショックがすさまじいです。

そして最後に、こんなありがたいお言葉までいただいてしまった。

「家の中のことは、私が全て任されているの。不満や困り事があったら気軽に言ってちょうだいね。今日からここが、リエラさんの家ですから」

そっか、これからはここがリエラのお家なのか……

言われてみればそうだよね。

アスタールさんの弟子として、ここで頑張らなきゃいけないんだ。この立派な部屋がもったいないなんて思わないで済むように、これから努力すればいいよね。

リエラは決意を新たにしつつ、ベッドに潜り込む。

ふわふわで柔らかいかけ布団、硬すぎず柔らかすぎないマットレス。

お部屋のすごさに一時は覚めてしまっていた眠気も、この素敵ベッドには敵わない。

目を閉じると、リエラはあっという間に夢の世界に旅立った。

こんにちは　グラムナード

翌日、目が覚めたらお昼過ぎだった……

よく眠ったおかげで最高の気分で目が覚めたのに、窓から外を見て、太陽の高さに呆然。

コンコン。

いいタイミングでノックの音がして、ハッと我に返る。

慌てて返事をして扉を開けたら、セリスさんが食事のトレイを持って立っていた。

「おはよう、リエラさん。よく眠れたみたいでよかったわ」

そう言って微笑むと、作業台に朝食を並べ始める。

恐縮しまくるリエラをその前に座らせると、自分も隣に座ってパンを手にした。

「一緒に食べようと思って、私の分も持ってきたの。一人で食べるのは味気ないでしょう？」

そう続けて、彼女は穏やかに笑う。

「今日から三日間は、ここに慣れるのがリエラちゃんのお仕事よ。アスタール様のお弟子さん業は四日目からね」

目をぱちくりさせるリエラに、セリスさんは悪戯っぽく片目をつぶった。

「私がそう決めました！　まず、今日は……」

そう言いながらリエラをじっと見つめる。

「リエラちゃんの持ってきた荷物を見て、何が足りないかの確認。それから不足分を補充しちゃいましょう！」

パンと手を打って、ささっと空いた器を片付け始めた。

「持ってきた荷物はこれでおしまいね」

食器を下げてすぐに戻ってきたセリスさんは、リエラの荷物を全部出した後、クローゼットの中を検めて頷く。

その様子からすると、既に必要なものをリストアップしているみたい。

「まずは服と外套ね。町の外に出る時は、日差しが強いから外套が必要なの。服も、もう少し風通しがいいのにしないと茹だっちゃうわ」

「確かに、岩山地帯に入ってから日差しがきつくて暑かったです」

道中を思い返して納得。エルドランの町は割と気温が低めだったから、持ってきた服だと暑くて汗が止まらない。

正直、セリスさんの申し出はとってもありがたかった。

「倉庫にいいのがあるか見繕いましょ」

ベッドの上に広げていた荷物をテキパキと片付け、彼女は颯爽と部屋の外へ向かう。

セリスさん、手際がいいなぁ……

きちんとお手伝いしたかったんだけど、リエラは手を出す隙がありません……

「さ、倉庫に行きましょう」

セリスさんにくっついて倉庫に向かう。歩きながら、セリスさんはあれこれ説明してくれた。

一階にあるのは店舗と工房に、食堂と台所、それからお風呂。

基本的に朝と夜は食堂で、全員揃ってご飯を食べる。お昼は家にいる人だけで済ませるそうだから、日中は不在の人もいるみたいだ。

お風呂は男女別になっていて、夕飯を食べ終わったら掃除をするので、夕飯前に入るようにと言われた。

地下には倉庫が三つ。

一つはお店の在庫や素材の保管場所で、工房からしか入れない。二つ目は生活用品の保管場所で、居住区画の中央階段を下りてすぐの場所に入口がある。最後の一つは食品関連の保管場所で、台所から入るそうだ。

二階の弟子フロアには同じタイプの部屋が六つあるけど、入居者はリエラだけ。

三階より上は親族スペースで、セリスさんも含めたアスタールさんの親族の部屋があるそうだ。

今までセリスさんの立場がよく分からなかったんだけど、どうやらアスタールさんの従妹(いとこ)らしい。調薬と家事の能力を買われて、色々と任されているんだって。

まだ二十歳前後に見えるのに、すごいなーと感心。

リエラも見習おうと、二人で部屋に戻りながらひっそり思う。

倉庫から掘り出してきた着替えや雑貨を部屋に運び込むと、セリスさんは次のお仕事に行く時間になってしまった。

「これを仕舞うのはリエラちゃんのお仕事ね。私はそろそろ、お夕飯の用意を始めないと」

「忙しい中、リエラのために時間を割(さ)いてくれてありがとうございます」

「あら、これもお仕事のうちよ♪　お夕飯の時間になったら、音楽が鳴るから食堂に下りてきてね」

「はい！」

セリスさんにお礼を言ってお見送りしたら、作業台の上に置かれた大荷物の整理だ。

重かっただけあって、随分と量が多い……仕舞い甲斐があるってことにしておこう。

去り際にウィンクしていったセリスさんを、お片付けをしている最中に、ふと思い出してニマニマしてしまう。

もらった服をクローゼットに仕舞い込むと、なんだかすごく衣裳持ちになったような気がした。

外套二着に、ワンピースが五着に、ブラウスとスカートが二着ずつ。セリスさんのお言葉によると、グラムナードではワンピースがおすすめらしい。

……ついでに、着替えちゃおうかな？

今の服は少し暑いし、汗もかいているし。

せっかくだから、水浴びしてから着替えよう♪

そう決めたリエラは、さっさと雑貨類も片付け、シャワー部屋に入った。

シャワー部屋に入ると水色のボタンがあって、上の方にはジョウロの先っぽによく似たのがついている。

そっとボタンに触れると、リエラの指先から何かがスッと吸い出されていく。

なんだか、体の中の熱が吸い出されるような感じだ。

それと同時に、上にあるジョウロっぽいものから温かいお湯が降ってきた。

「うわぁ……」

思わず声が出てしまう。

あったかいお湯での水浴び、気持ちイイ……！

そうしてしばらくの間、シャワーを浴びていたんだけれど、始まった時と同じように突然終わってしまう。

どうやら時間制限があるらしい。

もう一度ボタンに触れると、また何かが吸い出される感覚と同時に、別の何かがジョウロっぽいものに入っていくような気がした。

吸い出された何か（魔力？）が水を加熱して、そのお湯がジョウロから降ってくる。

そんな図式がリエラの頭に浮かぶ。

もしかして……？

思いついたことを試すために大慌てでシャワーを済ませると、すぐに身支度を整えた。

お試し対象は、魔法具のランプ。

これまでなんにも考えずに灯りを点けたり消したりしていたから、その時の感覚はよく覚えていないけど、もしかしたら、これもさっきのシャワーと同じような原理になっているのかも。

ちょっとドキドキしながら、淡い黄色のボタンに触れてみると、指先からまた何かが吸い出される感覚があった。

シャワーの時よりも量は少ないけれど、ほっと安心した時に感じるようなほんわり温かいモノだ。

これが、きっと魔力ってヤツだよね？

魔力（仮）の吸い出しは一瞬で終わり、部屋に灯りが点く。もう一度触れると、何かを失くしたようなイメージが浮かんで、灯りが消える。

この部屋にある魔法具は多分、あと一つ。

その最後の魔法具はトイレだ。

トイレを確認してみたら、透明なボタンが一つついている。早速そのボタンに触れると、清涼感のある魔力が吸い出され、便器が水で洗い流された。

……水で便器を洗い流すトイレなんて、初めて見たよ。

よく見たら洗面台があったので、その蛇口についている水色のボタンも試してみる。

シャワーのボタンと同じように魔力が吸い出され、蛇口から水が流れ出したんだけど、ほんの三十秒ほどで水は止まった。

リエラはトイレから出ると、そばにあった作業机の椅子に座り込んで頭を抱える。

とりあえず、この部屋にあるのは魔法具じゃなかった……

魔法具っていうのは、魔力石を動力とする道具の総称だ。この部屋にあるものは、どう考えても使う人の魔力が動力になっているよね？

あえて言うなら『魔導具』って呼んだ方がいい気がする代物だ。

魔力を導く道具っていう意味で。

もしかしたら、この部屋で暮らしているだけで、いつの間にか魔法が使えるようになっていました……なーんて、いうことになるかもしれない。

こんな道具が当たり前のように部屋の中にあるなんて……

あんまりにもビックリしすぎて、しばらく呆然としてしまった。

うう……、リエラはここで、きちんとやっていけるんだろうか……

なんとなくアスタールさんの弟子に求められる能力の高さを感じた気がして、先行きに不安を感じた。

しばらく途方に暮れていたものの、これじゃダメだと思い直す。

求められるレベルが高いなら、その水準に達することができるように努力しよう。

両手でほっぺを挟み込むようにしてペチン！　として、気合いを入れる。

この部屋にある魔導具はきっと、最低限これくらいはできるようになってほしいというメッセージに違いないと決めつけて、まずは灯りから挑戦だ！

予想が外れたとしても、道具なしで灯りや水が使えるようになれば、便利だもんね。

灯りの魔法を覚えるために、まずはひたすら魔導具を使って点けたり消したりを繰り返す。

その間どんな風に魔力が変化するのかに重点を置いて考察し、こんな感じかな？　というのが掴めたら、指先に自力で灯りを点してみる。

三回試してできなかったら、また最初から。

おへその辺りに温かい魔力の塊を作って、それをおでこの辺りに持っていく。それから胸の辺りを通して右手の人差し指に……失敗。

ただ今お試し、百回目。

魔力を動かすのは、想像していた以上にすごく疲れる。たとえるなら、百メートルを全力疾走する感じ。

それを百回もやったらもう、ぐったりしちゃう……

一番魔力の消費が少なそうなものから試してみたけど、未だに上手くいかない。

「う～ん、やれそうな感じがしてるのになぁ……」

声に出して考える。

そう、やれそうな感じはしているんだよね。ただ、途中からなんか違う感じになっちゃうんだよ。

魔力の消耗が思ったより激しいのも、そのせいのような気がして、ベッドに大の字になって天井を見つめる。

天井を眺めながらもう一度、何度も繰り返した手順を追ってみた。

おへその辺りを温かくして、そのままおでこの方へ持っていって……

そこで突然、ドアの方から音楽が聞こえてきてビクッと体が震えた。

もちろん、今やっていた手順も中断されて……失敗、してない？

「へ……？　なんで？」

リエラが眺めていた天井に、ランプとは別の柔らかい灯りが点いている。

理由は分からないものの、リエラは初めて自力で魔法を使うことに成功していた。

でも、一体どうして？

しばらくの間、何故か成功した魔法の灯りを眺めていたものの、不意にセリスさんの言葉を思い出してベッドから飛び起きる。

『お夕飯の時間になったら、音楽が鳴るから食堂に下りてきてね』

急いで食堂に行かなくちゃ……！

大慌てで食堂に向かうと、ちょうど誰かが中に入ろうとしているところだった。

リエラの足音に気付いてこちらを見た彼が、少し驚いた顔で呟く。

「お前は……」

「？」

わけが分からず首を傾げているリエラをよそに、彼は一人勝手に納得してから、ちょっときまりが悪そうな表情で言った。

「弟の弟子が、あの隊商にいたとはな……」

「あの隊商って……」

あれ？　もしかして、あの護衛のお兄さん？

「えっと、確か、アスラーダさん？　でしたっけ？」

「──名乗る機会はなかったはずだが……」

「お名前は、同乗していた探索者さんから伺いました」

むしろ、彼の方こそ、なんでリエラを知っているのかな？　あ、そういえば、野営の時に寝床に運んでくれたんだっけ。

「あと、お礼を言い損ねたんですが、眠り込んじゃったリエラを寝床に運んでくださったそうで……。ありがとうございました」

せっかくの機会だから、ついでにお礼を伝えると、彼は照れているのかリエラから視線を外す。

「幼い妹がいるからな……。少しお節介をしただけだ」

「はいはい。ラー兄、ロリコン乙～♪」

アスラーダさんの背中をポンと叩きながら、リエラとあまり年齢の変わらなそうなボブカットの少女がその後ろをすり抜けていく。

「な⁉　ルナ！　誰がロリコンだ‼」

目を剥いて女の子を追いかけるアスラーダさん。

顔立ちはアスタールさんによく似ているけど、随分と表情豊か。

年上の男の人なのにちょっぴり可愛い。

アスラーダさんとルナと呼ばれた女の子の後ろ姿を見送っていると、背後から声をかけられた。

「赤毛のお嬢さん。あんな朴念仁より、僕と親睦を深めませんか？」

振り向けば、サラサラの黒い長髪をいくつかの束に分けてまとめた、優しげな雰囲気のお兄さんがリエラに笑いかけている。

首を傾げて自分を指さした彼は、リエラの手を取って指先にそっと口づけすると、そのまま食堂の中へと案内してくれた。

「⁉」

「さ、食事の時間ですから、まずはお席へどうぞ」

驚いて目を白黒させている間に、椅子に座らされる。

「あ、ありがとうございます？」

彼を見上げて一応お礼を……あ、噛んじゃった。

「いいえ。僕はレイ。よろしく、チャーミングな赤毛ちゃん」

「あ、名前はリエラです」

「リエラちゃん……ね。可愛い名前だね」

そう言って笑うと、彼はリエラの右隣の席に腰かける。視線を巡らせてみると、どうも既に全員が揃っていたらしい。

長方形のテーブルを囲んでいるのは、リエラも含めて七人だ。

リエラの左斜め前にアスタールさん。

正面に一歳くらいの赤ちゃん。

赤ちゃんを挟んで右斜め前にアスラーダさん。

アスタールさんのそばのお誕生日席的なところにセリスさん。

リエラの右隣にレイさん。

左隣にボブカットのルナさん。

みんな黒髪の長耳族で、丸耳族はリエラだけだ。つまり、リエラ以外はみーんな美形。

……悲しくなんてないもん。ちょっぴり、珍獣になったような気がするだけ。

「さて」

リエラが座ったのを確認すると、おもむろにアスタールさんが口を開く。

「食事の前に、新しくここで暮らすことになった私の弟子を紹介させてほしい」

アスタールさんがそう言うと、みんなの視線がリエラに集まる。

「リエラと申します。色々教えてもらえるととても嬉しいです。よろしくお願いします！」

自己紹介を促されたように感じて立ち上がり、一息にまくしたてて周りに頭を下げた。

目だけを上げてみるとアスタールさんが頷いてくれたので、椅子に座り直す。

「今回はこのリエラだけになるが、不便のないよう取り計らってくれたまえ」

周りから了解の声が上がると、アスタールさんが他の人を紹介し始める。

「セリスはもう紹介したから必要ないだろうか？　まだ十八歳と若いが、君と同じ年齢の頃から、身の回りのことや調薬を行ってくれている私の従妹(いとこ)だ」

「これからよろしくね、リエラちゃん」

セリスさんはフワリと微笑を浮かべて軽く首を傾げる。

そっか、セリスさんって十二歳の頃からここで働いているのか。リエラも、彼女くらい長く勤められるように頑張らないと。

一年後、モノにならないって解雇されちゃったら、滅茶苦茶(めちゃくちゃ)泣ける。

「次に、私の隣にいるのがアストール。歳は離れているが妹だ。最近歩き出して、少し言葉も覚え始めている」

リエラの目の前に座っているアストールちゃんは一歳……まだ二歳にならないくらいかな？　赤っぽいフワフワのヌイグルミをギュッと抱きしめながら、ジッとこちらを凝視している。

これは、アレだ。

見知らぬ相手がいるから、警戒している——いわゆる人見知りモードってやつだね。

ところで、なんだかヌイグルミからも視線を感じるんだけど、気のせいかな？

「その隣が私の双子の兄であるアスラーダ。探索者をしつつ、グラムナードの領主代行のようなことをしている。兄上、明日にでもリエラを連れて町を案内してやってほしい」

「!?」

探索者と領主代行のお仕事って、両立できるものなのかな？

それより、なんで領主代行……？　そっか……アスタールさんって貴族なんだっけ……

ってことは、ここにいる人はみんな、領主様の血族？

うわ……変な言葉遣いとかして、不敬罪なんて……ないよね？

内心ガクブルするリエラだけど、表面上はなんとか取り繕った。というか、セリスさんもアスタールさんも気安く接するようにと言ってくれたし、今更どうしようもないから、もう開き直ろう。

ここにいる人はみーんな、リエラと同じ平民……！　貴族の人への接し方なんてそもそも知らないし、気付かなかったことにします！

町の案内を頼まれたアスラーダさんは、驚きの視線をアスタールさんに向けている。どう考えても、領主代行をしているような人のお仕事じゃないもんね……

アスタールさんはそれには気付かないフリで、紹介を続けた。

「リエラの左隣でニヤニヤしているのは、セリスの妹のルナ。中町の工房の売り子をしているのだが、十四歳で君とは歳も近い。仲よくしてやってくれたまえ」

「よろしく、リエラらん♪」

パチンと片目をつぶってみせる彼女は、明るくてはきはきしたタイプに見える。

仲よくなれたらきっと楽しいだろうし、そうなれるといいな。

「右隣はレイ。セリスの弟で外町の工房の売り子を担当している。女性と見ればすぐに声をかけるが、特に害はないはずだ。もし害があるようだったら、セリスに言えば大人しくなるだろう」

「よろしく、リエラちゃん」

リエラの隣で、レイさんは苦笑を浮かべた。

うーん、確かにさっきみたいな行動は紳士的というのを通り越しているよね。

女好きって言われても仕方ないかも？

「では、食事にしよう。リエラ、君は食事が終わったら私の部屋に来てくれたまえ」

その日の夕飯は、随分と豪華だった。

パンは白くて柔らかかったし、スープは野菜を細かく切ったものがたくさん入っている上にベーコンまで！

貴族の食卓って、いつもこんななのかな？　って、だめだめ。それは忘れよう。

彩り豊かなサラダもあった上に、薄切りにしたお肉も取り放題だった。だけど、最初は分からなくて、お皿に載せたのはお肉もパンも一つずつ。

「そんなんじゃ足りないでしょ？　もっと食べよ♪」

ルナさんがそう言いながらたくさん追加してくれて、初めて取り放題だと知ったよ。

こんなにたくさん食べたのも、生まれて初めてかも。食べすぎてちょっぴり苦しいだなんて、すごい贅沢（ぜいたく）……！

それに食事の時間を通して、少し工房の人達と仲よくなれた感じがして幸せな気持ちになった。

リエラは何も気付かなかったし、気付いたとしても、もう忘れたんです……

それはそうと、アストールちゃんが抱えていた赤いの。ヌイグルミだとばっかり思っていたら、食事が始まった途端に動き出してビックリした。

なんかね、アスラーダさんが預かっている竜人族（りゅうじんぞく）の子供で、炎麗（えんれい）ちゃんというらしい。

竜人族の子供ってヒト形じゃないのかと、二重の意味でビックリだ。

今は短めだけどフワフワの柔らかい毛に覆（おお）われていて、首の位置も分からないようなずんぐり真ん丸な体型なのに、ひっそりと蝙蝠（こうもり）みたいな翼が生えている。

アストールちゃんが抱きしめた時に、翼の角っことかが食い込んだりしないんだろうか？

地味に痛そうだよね。

よく見ると背中の真ん中は茶色で、手足の方に向かって少しずつ赤っぽく変化するグラデーションが綺麗。頭でっかちで可愛らしい今の姿からは想像がつかないけど、大人になるとカッコよくなるんだって。

隊商にいた時は、アスラーダさんの肩の上にいたらしいんだけど、気付かなかった……

食事が終わった後、言われていた通りアスタールさんの部屋に向かう。

先に部屋へ戻ったアスタールさんは、三階のフロア全てを自ら(みずか)の工房兼、私室として使っているらしい。部屋に向かう途中でアスラーダさんが教えてくれた。

ところで、なんで彼もリエラと一緒にアスタールさんの部屋へ向かっているんだろう?

不思議ではあるけど、一人じゃないのは心強い。

ちなみに、階段を上って右の扉がアスタールさんの工房で、執務室は左側。工房は立ち入り禁止だから、呼ばれたら執務室の方に行くのが暗黙の了解らしい。

「入りたまえ」

「失礼します」

ノックの後すぐに返事があったので、アスラーダさんと二人でお邪魔する。

部屋の中に入ると、真っ先に目に入ってきたのは、左の壁際に並ぶ台座付きの六つの水晶。

反対側の壁際にはぎっしり本が詰まった本棚が三つあり、その前に応接セットが置かれている。

部屋の真ん中辺りには本が載った大きな執務机がどどんと置かれていて、アスタールさんはそこで書類を眺めていたらしい。

アスタールさんに言われるまま応接セットにアスラーダさんと二人並んで腰かけると、目の前に実験器具で淹れられたお茶が置かれた。

いわゆるビーカーっていうヤツだよね、これ。

アスタールさんって、細かいことにこだわらないタイプなのかな？

でも、ちょっとこれは、お茶を出すのに適した容器じゃないと思います。

リエラの心の中のツッコミには気付かぬままに、彼はお茶を配り終わると、そのまま正面のソファに腰かけた。

「さて。兄上が何故、リエラと一緒に来たのかは置いておくとして……。リエラを呼んだ理由から説明させてもらうとしよう」

そう言ってチラリとアスラーダさんを見る。

「俺の用事はリエラの件が終わってからでいい。……邪魔ならまた後で来るが？」

「いや、問題ない。まずはリエラ、これを握ってみたまえ」

リエラの手の平に置かれたのは、直径三センチくらいの透明な水晶玉。

言われた通りにすると、その瞬間、手の平から魔力が吸い出される感覚があった。

これも、魔導具なのか……

目を上げたら、アスタールさんが返せと言わんばかりに手を差し出していたので、水晶玉をその手に戻す。

不思議なことに、さっきまで無色透明だった水晶は、今は虹色の光を放っている。

ちょっと目に痛いくらいの光を目にして、アスタールさんの両耳が上下にピコピコ動く。なんだか嬉しそうに見えるけど……

「全属性……か」

アスラーダさんが何故か得意げな表情で呟いた。その言葉の意味が理解できずに、リエラは首を傾げる。

全属性？　って、なんのこと？

「今のは、魔力の属性検査だ。魔術学院に進学する場合、最初に今の検査をされる。グラムナードの外の人間は一つの属性しか持たないのが普通なんだが……。全属性を持つ者は希少だから、もし魔術学院に行きたいのなら試験や学費が免除される等の優遇措置が受けられる」

「ほえぇ……」

思わず、変な声が口から出た。

全属性っていうのは、魔法の属性のことか。アスラーダさんの説明だと、なんだかすごいことのように思えるんだけど、実際はどうなんだろう？

「魔法使いになりたいなら、今からでも転向は可能だな」

どうする？　と言いたげにアスラーダさんがニヤリと笑いかけてきたけど、その質問は、ちょっぴりアスタールさんに対して意地悪だ。

ほら、アスタールさんってばショックを受けて、固まっちゃっている。

せっかく採った弟子が、魔法使いに転向するためにいなくなっちゃうとか、嫌だよね。

「魔法使いも憧れちゃいますけど……」

リエラがそう口にすると、アスタールさんの耳がピーンと上に向かって立つ。

この反応は、驚いているのかな？　それとも、緊張しているのかな？

「でも、魔法使いだとお仕事に就くのにも色々と面倒がありそうですよね。それなら錬金術師の方が潰しも効いて儲かりそうだから、錬金術師を目指したいと思います」

リエラがそう言って笑うと、アスラーダさんは噴き出し、アスタールさんはずるっとソファから滑り落ちた。

「錬金術師を目指す理由は置いておくとして……」

アスラーダさんがお腹を抱えて笑い転げる中、ソファに復帰したアスタールさんが咳払いをしながら続ける。

「全属性に適性があるというのは、錬金術を極める上でも重要なことなのだ」

「全属性が使えないと、錬金術師になれないんですか？」

咄嗟に聞き返してしまったのは、あまりにも大事なことだと思ったからだ。

そんなに大事なことなら面接の時に調べといてもらわないと。

ここまでやってきたのに『ハイ、才能がありませんでした』とか言われる可能性があったんだとしたら、あんまりだ。

「いや。一つでも適性があれば錬金術を学ぶことは可能だ」

リエラの質問に返ってきたのは否定の言葉。

じゃあ、なんで全属性が使えることが重要なの？　意味が分からず首を傾げる。

「賢者の石というのを聞いたことがあるかね？」

「えっと、確か錬金術師が最終的に作るのを目標にしてるものですよね？」

色んな物語とかにも出てくるから、名前だけは有名なアイテムだ。何人もの錬金術師が作ろうと励んでいるけれど、実際にはそんなものは存在しないとも言われている。

　賢者の石を使えば、どんなものでも作れるとかいう話もあったような……

　金を大量に作って、大金持ちになった錬金術師の話を聞いたことがある。魔物を作って世界征服をしようとして、勇者に退治されたという話もあったはず。

　思いついた順に挙げていくと、アスタールさんが頷きながら爆弾発言を投下した。

「賢者の石は、全属性に適性がある者にしか作れず、制御することもできない。一般的には知られていない事実なのだが……」

「え……」

　ってことは、世の錬金術師さんのほとんどは、作ることのできないものを作ろうとしているの？

　ひどいな……本人達が知ったら、どんな気持ちになるんだろう……

「君は、幸いにも全属性に適性があったわけだ。最終的に、賢者の石を制御できるところまで指導したいと思う。何か異論はあるかね？」

　複雑な気持ちだけど、答えはもう決まっている。

　他の人には作れなくても、リエラに作れるんだったら作ってみたいじゃない。

「ありません。よろしくご指導お願いいたします」

アスタールさんはリエラの答えに満足そうに頷いて、アスラーダさんに視線を移す。

「リエラの意向を確認できたところで、兄上に相談だ。実は、今回の弟子探しの旅の間に、緊急性のある仕事が入ってしまった。そちらが終わるまでの間、兄上とセリスにリエラの指導を頼みたい」

「ふーん？　俺は何をすればいい？」

「兄上には素材の採集に必要な技能全般について、セリスには魔法薬の調合について頼む予定だ」

「なるほど、了解。確かに、調合ならセリスが指導した方がよさそうだな」

ふむふむ。

なんだか事情はよく分からないけど、しばらくの間はアスタールさんじゃなくって、アスラーダさんとセリスさんが仕事を教えてくれるらしい。

「よろしく頼む」

アスタールさんが軽く頭を下げると、ため息を吐きながらアスラーダさんは頷いた。

確か、領主代行と探索者をかけ持ちしているんだよね？　更にお仕事が増えたんじゃ、そりゃあため息も吐きたくなるよ。

せめて、リエラはあんまりお手数おかけしないように頑張ろう。

「アスラーダさん、よろしくご指導お願いします」

「きちんと仕込んでやるから覚悟しておけ」

指導を引き受けてくれたアスラーダさんに頭を下げると、彼は脅すようにニヤリと笑う。でも、怖さは全く感じない。

妹が可愛くて仕方がないお兄ちゃんだって知っているからね。

「では、リエラ。君に必要になりそうな資料を渡しておこう」

アスタールさんは書き物机の上にあった本を、二冊テーブルの上に置く。

タイトルは『水と森の迷宮』と『生活に使える魔法大全』。

「『水と森の迷宮』は、ここグラムナードにある迷宮の一つなのだが、調薬に使う材料はほぼここで入手することが可能だ。入手できる素材はもちろん、出現する魔物も図解されているので目を通しておきたまえ」

断りを入れてから少し中を見てみたら、言われた通り、植物の絵等が描かれている。

リエラが本を閉じるのを確認すると、アスタールさんは更に説明を続けた。

「『生活に使える魔法大全』は魔法の紹介だけでなく、魔法を発動するまでの手順も分かりやすく書かれている。どれも使えるようになれば便利なものだ。参考にしたまえ」

「ありがとうございます」

パラパラと捲って確認してみたものの、こっちの本には図解はないらしい。後でじっくりと読ませてもらうことにしよう。

リエラは二冊の本を受け取ると、胸に抱え込んだ。

「では、今夜はもう休みたまえ」

「明日は朝食の後に中町の案内をするから、そのつもりでいてくれ」

「分かりました。それでは、失礼します」

部屋に戻る道中で、ふと思い出す。賢者の石でできることについてリエラが挙げていった例を、アスタールさんは否定も肯定もしなかったな、と。

与えられた部屋に入ると、気が抜けてしまったのか、大きなあくびが出た。

書き物机に受け取った本を置くと、ちょっとだけ……と思いながら、サンダルを脱ぎ捨てベッドにゴロンと横になる。

机のそばにベッドがあると、寝たまま読めるから便利でいいね。

すぐに手が届く場所に本があるのを確認して、目を閉じた。

ちょっとだけ、ちょっとだけ……

やたらとスッキリした気分で目を開けると、窓の外が妙に明るい。

慌てて時計草を確認したら、もう六時……！

ちょっと目を閉じるだけのつもりだったのに、ガッツリ眠っちゃったよ。

渡された本、読み損なった……

ため息を吐きつつ、今更どうしようもないと開き直る。シャワーを浴びてスッキリしてから身支度を整え、食堂へと向かった。

ちなみに朝食も、孤児院にいた時とは比べちゃダメだと思うくらいに豪華だ。

白くて柔らかいパンにサラダに、具がたっぷりのスープに、目玉焼き!!

目玉焼きって初めて食べたけど……半熟の黄身が……ん～とろける……

最高に美味（おい）しくて、朝からリエラは幸せです。

食事の後は、玄関でアスラーダさんと待ち合わせ。今日は、グラムナードの中町を回る予定だそうなので、靴は履き慣れた古いやつで。

外の日差しは厳しいからと、セリスさんが用意してくれた涼しい外套（がいとう）も。全体的にゆとりがあるだぶっとしたデザインで、庇（ひさし）付きのフードについた猫耳が可愛い。

リエラがこんなの着ていいのかな？

あ、返せと言われても返したくはないんだけど。

「早いな」

　フードの耳をいじっていたら、いつの間にかアスラーダさんが後ろに立っていてビックリ。

　ひゃ！　っと飛び上がってドキドキする胸を押さえていたら、彼が背中をさすってくれる。

「悪い。驚かすつもりじゃなかったんだが……」

「こちらこそ、驚きすぎてごめんなさい」

　困り顔のアスラーダさんに照れ笑いを返して、早速、中町を見学しに出発です。

「そういえば、炎麗ちゃんは一緒じゃないんですか？」

「ああ、アレはアストールが離さないから置いていくことにした」

　確かに、炎麗ちゃんは今朝もアストールちゃんの腕の中だったかも……。すっかり、お気に入りのヌイグルミ扱いらしい。

　それに引き換え、リエラはまだ笑顔も向けてもらえてない。アストールちゃんは大絶賛人見知り中だ。そのうち慣れてくれると思うんだけど、ちょっぴり切ないよね。

　アスラーダさん曰（いわ）く中町というのは、砦（とりで）を抜けたこちら側全部のことなのだそうだ。

「結構な広さだから、ヤギ車で移動しよう」

　工房を出ると、小ぶりな馬車にヤギが繋がれていた。一昨日（おととい）の夜にも乗ったけど、グラムナードの人達は馬の代わりにヤギに牽かせるらしい。

だから、ヤギ車っていうんだね。

ヤギ車の作りは、ある一点を除けば荷馬車とよく似ている。

違う部分っていうのは、御者台だ。御者台の部分が一見ソファ風で、見るからに座り心地がよさそう。

それに、日差しを遮るためなのか、大きな屋根が御者台の上にも張り出している。

後ろはちょっぴり豪華な感じの荷台になっていて、乗り心地を無視すればあと四人くらいは乗れそうだ。

「そういえば、ヤギって実物を初めて見たんですけど……。図鑑からイメージしていたのよりずっと大きくてビックリしました」

先に御者台に上がったアスラーダさんに手を引いてもらいながら、そんな感想を述べてみたら、思わぬ言葉が返ってきた。

「ああ、俺もこっちに戻ってきた時に見て驚いた」

「アスラーダさんもグラムナードの人なのに？」

意外に思って訊ねると、返ってきたのは苦い笑み。

「すまん、説明が足らなかったな。ちょっと事情があって、俺は五歳の時から十八歳になるまで、王都の方で育ったんだ」

「あ、なるほど」

「おかげで、中町では少し、肩身が狭い」

肩を竦めつつ浮かべた表情は複雑で、リエラにはその内心を想像することもできない。

故郷にいるのに肩身が狭いって、どんな感じなんだろう……

リエラは、エルドランの町に昔から知っている人や場所がないことを想像してみて、とてもさみしい気持ちになった。

「まぁ、お前の案内を頼まれたのも、もう少し馴染む努力をしろっていうことだろう」

「なんか、大変なんですねぇ……」

聞いちゃいけないことを聞いてしまったような気分で、なんとかそう口にする。

まさかこんな何気ない会話で、地雷を踏むとは……

工房を出て大きめの川を左手に見ながら、道なりに北の方へ向かうと、広い草原が広がっていた。草を食むヤギの姿がポツリポツリと見えてきて、のんびりとした気分になる。

ヤギ車の乗り心地は座席の見た目以上に快適で、結構な速度で走っている割には揺れも少ない。

どうしてかなと思ったんだけど、グラムナード領の道が地属性の魔法で綺麗に均されているおかげなのだそうだ。

そういえば、この近くの山道はエルドラン領を走っていた時よりも揺れなかったっけ。

工房から一番近い場所に住んでいるのは『獣の氏族』という一族だとか。彼等は、育てたヤギや鳥の肉を食材として提供しているらしい。

自分で育てた生き物を、食べるために殺しているってことだよね？

ちょっと、ビックリだ。

馬とかの騎乗動物でさえ、野生のを捕まえてくるものだって教わっていたから余計かな？

育てた生き物は食べる他に、羽毛や毛等を加工したりもするんだって。考えてみたら、必ず欲しいものが手に入るわけじゃない狩りを行うよりも、ずっと効率的かも。

「ここで主に加工されているのは、チーズやヨーグルト、それから毛織物なんかだな」

「チーズ？　ヨーグルト？」

「ヤギの乳を加工した食べ物だ。そのうち、食事に出てくる」

「……食事に？」

そんな食べ物、初めて聞いたんですけど……。

乳って赤ちゃんの時に飲むアレだよね？　動物の乳を人間が食べるなんて、なんだか変な……というか、その、とても斬新な行為だと思う。

むしろ乳が動物からも出るって初めて知りました。

動物の子供が人間と同じように乳を飲んで育つなんて、思ってもみなかったよ。

「あれ……？」

牧草地だって教えてもらったその草原の中に、銀髪の人を発見して、リエラは首を傾げた。

グラムナードには黒髪の人しかいないと思っていたからだ。

「──ああ、アレは光猫族（こうみょうぞく）だ」

「こう……？」

リエラの視線の先を確認して、アスラーダさんが教えてくれたのは、聞き慣れない種族名。

その呼称にリエラが首を傾げると、彼は困った顔で言い直す。

「あー……その、猫耳族？」

「なんか、グラムナード独特の呼び方があるんですか？」

「……まぁ、そんなところだ」

「よかったら教えてください」

そう頼んでみたら、アスラーダさんは妙に苦い表情を浮かべる。

でも、こういうのって、ちゃんと教わっておいた方がいい気がするんだよね。

「ご本人達が呼ばれたくない名前で呼んでしまうと、仲よくなるのに差し障りがあるかもしれませんし……」

理由を言い添えると、彼は渋々ながらも口を開く。

「中町だけで通用する呼称なんだ」

そう前置きをしてから教えてくれたのは、銀髪に金目の猫耳族を『光猫族』と呼ぶことと、黒髪の長耳族を『輝影族』と呼ぶことの二つ。

由来については何故か教えてくれなかったけど、どちらの種族にとっても『グラムナードの民』と呼ばれるのは誇らしいことらしい。

光猫族の人達は、猫耳族って呼ぶと気分を害するそうだから、聞いておいて正解だ。

ちなみに、アスラーダさんは彼等のことをそう呼んでしまったことから、未だに光猫族との関係が微妙なんだって。

さっき彼は王都の方で育ったと言っていたから、その辺の事情に疎かったのかな？

なんにせよ、この話をきちんと教えてもらってよかったよ。

牧草地を抜けると、針山が岩壁から浮き出すように見えてくる。

これまでは遠くの岩壁と一体化して見えたのに、近づくにつれて徐々に浮き出してくるのがなんだか面白い。

「この辺りは、『獣の氏族』の住居街だ」

そう言われてよく目を凝らして見ると、確かに針山のあちこちに、窓や階段らしきものがある。

でも屋内に入るための扉はまるで洞窟の入口のようだから、教えてもらわなかったらリエラには家だと分からなかったかも。

なんとなく、何かから隠れているような印象を受けたんだけど……

そうだとしたら、何から隠れようとしているんだろう？

案外、厳しい日差しから逃れようとした結果、こんな感じになったのかも。

小ぶりな山脈のようにも見える『獣の氏族』の住居街。その横を通り過ぎてしばらくすると、次の山脈が近づいてきた。

「向こうに見えてきたのは、『森の氏族』の住居街だ」

左手に見えている川は、ずっと北に向かっていたんだけど、ここにきてゆっくりと弧を描いて南へ進路を変えている。

「『森の氏族』さんはどんな生活をしてるんですか？」

『獣の氏族』が動物を育てているなら、『森の氏族』は森を作っているのかな？　でも、今まで見てきた景色の中にも、行く手にも、木立のようなものはない。

「あそこの連中は、植物の扱いが上手い。木工品を作ったり、薬を作ったりしているな」

「へぇ……」

その材料になる木って、どこで入手しているんだろう？

……って、そっか、ここは迷宮都市。きっと外町にある迷宮のどれかから手に入れているに違いない。

盲点だった！

「……甘いものは好きか？」

「好きな方だと思いますけど？」

『森の氏族』の住居街が視認できるようになった頃、アスラーダさんが突然ポツリと問いかけてきた。意図が読めずにリエラが目を瞬く(またたく)と、彼は住居街に向かってヤギ車の進路を変更する。

『獣の氏族』の住居街には寄らなかったのに、『森の氏族』のところには行くらしい。

不思議に思っていたんだけど、着いてみたらその謎は簡単に解けちゃったよ。

「美味(うま)いだろう？」

「甘い、酸っぱい、美味しぃ～！」

『森の氏族』の住居街に着くと、アスラーダさんが真っ直ぐに向かったのは一軒の食堂。

まだ、食事の時間には早すぎると思ったんだけど……

出てきたのは野イチゴの汁とヤギの乳を冷やして作ったという、甘酸っぱい氷菓子。

甘くて酸っぱくて冷たくって、ほっぺが落ちちゃうくらい美味しい！

リエラは思わずほっぺを押さえながら、せっせと口に運ぶ。

食べながら話を聞いてみると、アスラーダさんって男の人なのに結構な甘党みたい。

このお店にはよく来るみたいで、お店の人とも気安い雰囲気だった。

氷菓子を食べ終わった後、リエラ達は別の食堂で軽食を購入して、川沿いの道に戻る。

今は氷菓子を食べたばっかりでお腹いっぱいだけど、後でお腹がすいちゃうもんね。

野菜とそぎ切りにしたお肉を詰め込んだ袋状のパンは、冷めても美味しく食べられるっていうし、楽しみだ。

その後は『水の氏族』の住居街の近くにある『海風の迷宮』を覗くために寄っただけ。

他の住居街には行かずに、町の中での配置と主要産業だけを教えてもらいながら、ほぼ真っ直ぐに帰ってきた。それなのに、工房へ着いた頃にはもう暗くなり始めている。

必要なものがあったら、また改めて連れていってくれるとアスラーダさんは言ってたけど、気軽に頼むのはちょっと気が引けちゃうよね。

でも、工房からそれぞれの住居街に行くのはヤギ車がないと無理みたいだし、悩ましい。

ヤギ車の扱い方を教わるしかないか……

工房に戻ると、アスラーダさん一押しのお風呂に入って、のんびりと体の凝(こ)りをほぐす。

シャワーもいいけど、温かいお風呂がこんなに気持ちいいものだなんて知らなかったよ。

五人くらいは入れそうな大きな浴槽に一人きりとか、随分と贅沢(ぜいたく)な体験だね。

これからは毎日入るようにしよう。

うん、そうしよう！

昨日もあっという間に眠ってしまったせいで、未だに本が読めてないんだけど、今日も引き続きアスラーダさんの案内でグラムナードの町巡り。今度は外町の方だ。

外町を見学するのにも、昨日と同じくらい時間がかかるんだそうで……

今日も本を読むのは無理かなぁ……

ちなみに、今日のリエラの服は昨日の猫耳付き外套(がいとう)ではなく、フチが刺繍(ししゅう)で飾られたオシャレな水色の外套(がいとう)です。

昨日、遠目に見てきたヤギさんの毛を使ったものなんだって。

水色ヤギさんの毛は、涼感のある生地が織れると教わったんだけど、着てみて納得。とっても涼しい。

涼しいを通り越して、日陰に長くいると寒くなってしまうくらいです。

アスラーダさん、早く来ないかなぁ……あぁ寒い……ガクガクブルブル。

「今日も早いな」

ああ、やっとアスラーダさんが来てくれた！　これで外に出られる!!

大急ぎで外に出ると、やっと人心地がつく。

「ああ……あったかー……」

思わず呟（つぶや）くと、後ろから呆れ声が上がった。

「寒かったのなら、脱げばよかっただろうに……」

「!!」

寒いからと服を着ることはあっても、その逆は今までなかったから気付かなかった！

ああ、逆転の発想。

いや、気付かないリエラがアホの子だったのか……

「とはいえ、俺が遅かったせいだな。悪かった」

ひそかに落ち込むリエラの横を通り抜けざま、頭をポンポンしてくれるアスラーダさん。

「今日は外町だったな。行こう」

そんなこんなでヤギ車に乗り込んでやってきました、グラムナード外町！　って言っても、初日はここを通って中町に入ったんだけどね。

外町は中町と違うところが二つ。

一つ目は、川がない代わりに真ん中にででん！　っと大きな湖があること。

二つ目は、針山の住居がないこと。

岩山を刳り抜いた砦と店舗は南の方にいくつかあるんだけど、それ以外は湖をぐるりと囲むように建てられた木造の家だけ。

どちらかというと、木造住宅は北寄りの方が多いのかな……？

この辺りには住居にできるほどの大きさの針山がないからなのかもしれないけれど、中町を見た後だとなんとなく不思議な気持ちになるね。

「あれ……？」

「どうした？」

ぐるりと見回してふと、なんか変だなと思ったんだけど……

「建物の材料って、外から運んできたんですか？」

湖の近くに木が生えているのは見えるんだけど、家を建てることができるような大きさのものは一本もない。

高さはあるけれど、太さがないと言えばいいのかな？

「ああ、木材は迷宮に生えている木を使っているはずだな」

おう……そうだよねー……

昨日、『森の氏族』のお話をした時に自己完結した回答が、今まさに彼の口から出てきた。

ふふふ、ちゃんと考えてから喋ることにしないと、恥ずかしいよ、リエラ？

でもまぁ、おマヌケ晒しちゃったついでに、もう一つ聞いちゃおう。

「迷宮の木って、外に持ち出しできるんですか？」

「持てるものだったら、なんでも可能だな。翌日には全てが元通りになっているから、取り放題だ」

なんで元通りになるのかは分からないけど、資源取り放題だなんて、実に素晴らしい。

「まずは、中町からの出張店舗に挨拶回りをしておこう。セリスの授業が進めば、こっちの工房に来ることになるはずだからな」

「それは、早めに行っておいた方がいいですね」

そんなわけで、早速挨拶回りをすることになりました。

……あれ、中町にある本店（?）の方には挨拶しなくてよかったのかな？　まあ、その必要があったのなら昨日挨拶に行っただろうし、気にしなくてもいいか。

中町からの出張店舗は、外町の南側の岩壁沿いにあった。

砦や中町の住居と同じように岩山を刳り抜いて作られたもので、これぞグラムナード式って感じのそれが、全部で六軒ある。

それぞれの店の入り口の脇には看板がかかっていて、何を扱っているお店か分かるようになっていた。

「いらっしゃい……っと、なんだ、アスラーダ様」

最初に入ったのは、レイさんが店番をしている『グラムナード錬金術工房　外町出張所』。

魔法の灯りで過不足なく照らされていて、棚に置かれている商品も見やすい。岩が剥き出しの店内は武骨さもあるけど、それが味わいにもなっている気がする。

最初から店舗にする予定で岩を刳り抜いたらしく、棚は全て作り付け。

入って正面にあるカウンターだけが木製だった。

棚に置かれているのはコルクの栓がついている試験管や、大小様々な霧吹きがほとんどだ。これ、全部魔法薬なのかな。

それぞれの前には内容量と値段の他に、少量を瓶詰めした場合の値段を書いた札が下がっている。

魔法薬の種類ごとに書かれているのが親切な感じだね。

「リエラ、先に外套は脱いでおいた方がいい」

店の中を見て回ろうとしたら、アスラーダさんに捕まって外套を脱がされた。

危ない危ない。また、屋内で凍えるとこだ……

「おやおや～？　随分とリエラちゃんに優しいんですね」

「無駄口はいいから、奥を見せてやれ」

ニコニコしながらからかうレイさんに、アスラーダさんは苦虫を噛み潰したような顔でつっけんどんに言い返す。

ああ、アスラーダさんってからかうと楽しいタイプなのか。

「はいはい。リエラちゃん、こっちから奥に入って」

カウンターの一部が持ち上がって、人が通れるくらいの隙間が空いたので、そこから奥に入り込む。

「この扉の中は簡易工房になっているんだよ」

そう言いながら、レイさんは優雅な仕草で奥に案内してくれる。彼は、アスラーダさんとは随分タイプが違うね。

壁が白く塗られているせいか、簡易工房は、それまでと雰囲気が大分変わって見えた。

部屋の奥には作り付けの棚があって、作業に使うらしい道具が置かれている。その少し手前にある作業用の台には、細かい細工の入った大小様々な鍋があった。

そして入り口に近い場所には、店の商品の在庫を置くようになっているみたい。

「リエラちゃんが、ここに来るのを楽しみにしているね」

ひとしきり見学させてもらった後、愛想よく微笑むレイさんに見送られ、他のお店にもご挨拶に向かう。

グラムナードの中町に新しい住人が増えるのはすごく珍しいそうだ。

あちこちのお店であれこれ聞かれはしたけど、好意的な反応ばかりだったのでアスラーダさんもほっとしたみたい。アスラーダさんって結構、心配性なのかな？

挨拶回りが終わると、今度は外町全体を案内してもらう。

外町は北半分の岩壁沿いが迷宮。

中央にある湖の北側が宿泊所と飲食店。

南半分の崖沿いが、今見てきたグラムナード中町からの出張所。

そして湖の南側が、隊商の人達が商売をする行商店舗街や各種商業組合……という風に分かれているらしい。

「『岩窟の迷宮』はブリアン湖の北東にあるから、そこを起点にして各迷宮の場所を確認して回ろう」

「はい♪」

アスラーダさんの提案に否やはありません！　せっかくの迷宮都市なので、迷宮の場所くらいは知っておきたいしね。

と、いうわけでやってきました『岩窟の迷宮』。

門から外に出て町の外周部をヤギ車で十五分ほど進んだ場所に、大きな口を開けた洞窟がある。

それが、『岩窟の迷宮』の入り口なんだって。

入り口の周囲には、大量に煙を吐き出すいくつもの建物が見えた。

「迷宮で手に入れた金属素材をあそこで処理するんだ」

「金属素材……鉱石じゃなくてですか？」

「ああ。迷宮内の魔物には、金属が採れるモノもいるんだ」

「なんと……」

もしかして、牙が金属でできてるとか？　怖すぎ。

確かに洞窟の方を見ていると、馬に牽かせた荷車にたくさんの鉱石を載せている人だけでなく、背負い袋をパンパンに膨らませた探索者さん風の人達も出てくる。彼等はそのまま煙を吐き出す建物の中に入っていった。

あの袋の中に、魔物から採った金属素材が入っているのかな。

「ああやって運び込まれた資源を溶かして、インゴットを作っている」

「そういえば、グラムナードの特産品には各種金属もあるって本に書いてあったかも……」

エルドランの図書館で読んだ本を思い返しながらそう口にすると、アスラーダさんはよく勉強しましたと言わんばかりにリエラの頭を撫でた。

「イニティ王国は、この迷宮以外では鉱石もろくに掘れないからな……」

そういえば、昔はエルドラン領の辺りは鉱石が豊富だったそうなんだけど、今では産出されない。

それに、他の地域で鉱石が掘れるって話も聞いたことがないかも。

「ヤギ車に乗ったままでも行けるが、中に入ってみるか？」

アスラーダさんにそう聞かれたけど、今回はパス。

「今はいいです。でも、別の迷宮で気になるところがあったらお願いしたいです」

「了解。なら、次に行くか」

彼は、次の迷宮に向かってヤギ車を進ませる。

町の門からほど近い北東の崖沿いにあるのは、鉱物資源の採れる『岩窟の迷宮』。

そこから西に向かうと主にガラス素材が採れる『砂塵の迷宮』。

更にその先にあるのは騎乗生物を捕まえることができる『高原の迷宮』。

中町と外町を隔てる砦のそばには、魔法具が発見されることもある『遺跡の迷宮』。

岩壁沿いの迷宮を一通り確認し終えたところで、ちょうどお昼時だ。

「アスタールさんから渡された本に書かれている『水と森の迷宮』は、別の場所なんですか？」

ヤギ車を人に預けてから、アスラーダさんの案内で食堂に向かう。

その道すがら、あるはずだと思っていた迷宮の場所を教わってないことに気が付いた。

「『水と森の迷宮』だけは、岩壁沿いにはないんだ。湖の西にあるから、食事が終わったら歩いていこう」

なるほど、他のとは別の場所にあるのか。

何はともあれ、今日のお昼はどんなお店だろう？　昨日入ったお店の氷菓子も、お昼に食べた袋パンも美味しかったから楽しみ。

アスラーダさんが連れていってくれたのは、若い女性が喜びそうなお店だった。

オープンカフェとでもいうのかな？　店の外に日除け付きのテーブルが並んでいるお店で、テーブルにはお花が飾られていてお洒落な感じ。

ランチメニューは一種類しかなかったんだけど、運ばれてきたソレを見たアスラーダさんが一瞬固まったのがちょっと面白かった。

お料理の味は普通に美味しかったんだよ？　ただ、野菜がハートや星やお花の形に飾り切りされて可愛らしく盛られてたってだけで。

すぐになんでもないふりをして食べ始めたけど、アスラーダさんの耳は少し赤かった。

アスラーダさんって、やっぱりちょっと可愛い！

ついつい、年上の男の人には不適切な気がする感想を抱いてしまったのは内緒です。

食事を終えて、『水と森の迷宮』へ向かい始めたものの、アスラーダさんとはなかなか歩調が合わない。

何せ歩幅が違う。だから、リエラはどうしても小走りになっちゃうんだよね。

アスラーダさんが途中で気付いて歩調を緩めてくれた時には、少しほっとした。

そうして歩くこと十分少々。

湖の見渡せる場所でアスラーダさんが立ち止まったのは、青い燐光を放つ石板の前。

高さ二メートルくらいで横幅が一メートルくらいかな？　仄かに光っていることを除けばこれといった特徴がない。

いや、燐光を放っている時点で普通ではないか。

「これが、『水と森の迷宮』の入口だ。この石板に触れて、迷宮に入りたいと念じると、少量の魔力と引き換えに入ることができる」

そう説明しつつ石板に手の平を押し当てると、アスラーダさんの姿が消え失せた。

「えぇえええぇ⁉」

いきなり消えたことにビックリして声を上げたら、すぐに彼が戻ってくる。

「傍から見ると今みたいに消えるんだ。一度やってみるか？」

「もー‼　ビックリさせておいて、笑うなんてひどいです！」

アスラーダさんの口の端がピクピクしているのを指摘しながらぷーっと膨れると、とうとう我慢しきれなくなった彼はお腹をかかえて笑い出す。

もー！　アスラーダさん、ほんとにひどいですよ‼

結局、その日は『水と森の迷宮』に入らなかった。

リエラはこれからアスラーダさんに迷宮での採集の仕方を教わることになる。だから、焦らずとも近いうちにここに来ることになるんだって。

「アスラーダさんは迷宮にはよく入るんですか？」

探索者をやっているなら、迷宮にも入ることがあるんじゃないかと思って聞いてみる。

「もちろん、何度も入っている。グラムナードの住人なら、ある程度は経験しているものだ。義務として全部の迷宮に入る必要があるからな」

「へぇ、そんな義務があるんですか」

「個人的には『水と森』が一番好きだから、ここに入ることが多いな」

「なんだか、名前からして綺麗そうなイメージですもんね」

「ああ、楽しみにしておくといい」

そう口にしながら微笑するアスラーダさんは、とっても楽しそう。

この二日間を思い返すと、きっと迷宮に入る時も、とっておきの場所に連れてってくれそうだ。

どんな場所に連れていってもらえるのか、今からすごく楽しみです。

その後は、グレッグおじさん達のところに挨拶に行ったり、露店を冷やかして回ったり。

おじさん達のところに行った時は、隊商のお姉さん達の食いつきっぷりがすごかった。

本人はすごく困った様子だったけど、アスラーダさん、モテモテです。

なんとかお姉さん達から逃げ出した後、露店で売っているウェストポーチを見ていたら、ちょうどいい機会だと言って、アスラーダさんが背負い袋と一緒に買ってくれた。

素材を採集しに迷宮に入る時に必要なんだって。

迷宮って魔物も出るんだよね？　それを思うと正直、おっかない。とはいえ、入らないといけないなら、今のうちから心構えだけはしておかないとね。

買ってもらってしまった背負い袋とポーチを抱えながら、ふんぬ！　っと気合いを入れた。

家に戻ってお風呂とご飯を堪能したら、自分の部屋の机に向かってお勉強です。

今日のお夕飯も美味しかったなぁ……

……じゃなくって、今日こそは、アスタールさんから渡された本に目を通さなきゃ。

結局、なんやかんやで疲れていたから、読み損なっていたんだよね。

渡されたのは『水と森の迷宮』と『生活に使える魔法大全』の二冊。

うーん……どっちからにしようか？

しばらく悩んで、とりあえず『生活に使える魔法大全』に決める。

もう片方はアスラーダさんと一緒に行くことになる迷宮についての本だから、きっと現地で色々教えてもらえるだろうけど……

予習のために、そっちも明日の朝早くに起きて目を通すことにしよう。

えーと、『生活に使える魔法大全』に書かれているのは、暮らしていく上で便利な魔法ばっかりみたい。

まずはサラリとリストを確認。

『照明』は部屋の中で本を読むのにちょうどいいくらいの光を生み出す魔法。この間、挑戦して失敗しまくった魔法だね。これを読んでちゃんと使えるようにならねば。

『洗浄』は任意の対象を、ピカピカにする魔法。洗い物の他に、お掃除にも使えるらしい。これが使えると色々と便利そう。

『給水』は飲み水をコップ一杯分生み出す魔法。家の中では必要なさそうだけど、迷宮に行く時に使えると便利かも。

『加熱』は食べ物や飲み物を温める魔法。お料理なんかにも使えるみたい。寒い時に足元にかけられたら温かくてよさそうかも！

『冷却』は食べ物や飲み物を冷やす魔法。暑い時に、冷たい飲み物を飲めたら……うーん最高！

『微風』は団扇で扇いだくらいの風が吹く魔法。蒸し暑い時にはいいのかな？

『収納』は身につけているバッグとかに、見た目よりもたくさんものを詰め込めるようになる魔法。何これ便利！　と思ってよくよく見てみたら、大量のモノを詰め込んだまま手元から離すと、バッグが張り裂けるらしい。

危険！　知らなかったら危険すぎたよ!!　あと、見た目よりは入るというだけで、元々入る量の一・五倍がせいぜいなんだって。

流し読みした限りではこんな感じらしい。

まずは基本となる魔力操作について読んでいくと、この間リエラが試していたやり方は、意外といい線をいっていたみたいだ。

どうも魔導具に流れ込む魔力の感覚を意識しすぎて、余分なところまで再現しようとしたのが失敗の原因っぽい。

魔法は視線の届く範囲全てに効果を及ぼすから、どこにどんな効果を出したいかというのをきちんとイメージするのが大切なんだって。

逆に言うと、見えない場所には効果が出ない。

ということは、目隠ししちゃうと使えないのかな？

まずは試しに、この間と同じように魔力をお腹から頭に移動させる。そして天井に灯りを浮かべるイメージをしてみると、きちんと点いた！

できてみたら、なーんだって感じだったけど、こういうのってやっぱりちゃんと教科書を読んでお勉強した方が効率がいいね。

なんだか調子が出てきたし、今日はこのまま眠くなるまで他の魔法も試してみよう！

昨日はあれから眠くなるまで、ひたすら生活魔法の練習をしてしまった。

もう、『照明』と『給水』は普通に使えそう。

そういえば、途中で呪文が載っていることに気付いてそちらも試してみたんだけど、呪文を唱えるのってなんだか窮屈で嫌な感じ。

呪文なしに慣れてしまったせいか、違和感があるから使わないことにした。

部屋の魔導具からイメージが掴める魔法はこのまま、呪文なしで勉強してみよう。

魔導具に使われていない魔法は、呪文で発動できるようになってから、呪文なしに挑戦する感じかな？

何はともあれ、前進できている感じがちょっと嬉しい。

それはそうと、『給水』はちょっと面白かった。手にコップを持った状態で使うんだけど、底の方からにょによって感じで水が出てくるんだよ。

孤児院のちび達が見たら大喜びするだろうなぁ。

——そういえば、孤児院のみんなはどうしているだろう。

グラムナードへの旅の最中もだけど、今の今までなんだか慌ただしかったので、あまり考える時間がなかった。

でも、昨日の夜にアストールちゃんと遊んでいるアスラーダさんの姿を見て、ふと、みんなに会いたいなと思っちゃったんだよね。孤児院にいる子達は、やっぱりリエラにとって弟妹のようなものだからかな……

さて、今日から修業の始まりだし、しんみりなんてしてられない！

ほっぺを両手でパン！　とやって気合いを入れて、身支度をしてから食堂へ向かう。

部屋を出て階段を下りていくと、ちょうどアスラーダさんがアストールちゃんを抱っこして中に入っていくところだった。

「アスラーダさん、おはようございます！」

「ああ、おはよう。……お前も髪が長いから、毎朝編むのは大変そうだな」

そう言ってリエラの髪を見てから、腕の中のアストールちゃんを見る。

アストールちゃんの髪は真っ直ぐでさらさらだ。正直、羨ましい。でも、長さもあるから食事の時は髪の毛も一緒に食べちゃいそうだし、階段を上る時には踏んじゃいそうだよね。

……あれ？　いつも食事の時は結んであったような？

「リエラ、食事の前に頼みがあるんだが……」

「……えっと、三つ編みでいいですか？」

アスラーダさんが何を言いたいのかなんとなく想像がついちゃったので、即答。

「ああ、助かる」

ほっとした顔をした彼は、アストールちゃんをいつもの席に座らせてから、髪を結うために場所を空けてくれる。

「自分のなら、適当に括るんだが。痛い思いをさせそうで、ちょっとな……」

「人の髪の毛を結ぶのって、気を使いますよね」

「ああ、いつもはアストールがやっているんだ。あいつは器用だから」

そうやって話す間にも、せっせと編み込みをしていく。

あ、これだけ長いんだから、くるんとカチューシャみたいにしても可愛いかな。

最後にピンで留めて出来上がり。

どさくさに紛（まぎ）れて、すべすべむにむにのほっぺも堪能（たんのう）した。

ちょっぴり恋しくなっていた、ちびっ子成分、補・給・完・了！

「あら、トールってば、今日は随分可愛くしてるわねー」

そこにルナさんがやってきて、アストールちゃんが満面の笑みになる。

「とーう、かぁいー？」

おお？　初めて、アストールちゃんの声を聞けたよ！

このくらいの歳の子の特徴でもある、甲高い甘えた声が滅茶苦茶可愛い！

「可愛い可愛い。リエらんがやったの？　器用だね～！」

アストールちゃんのほっぺをむにむにしながら、ルナさんがリエラに笑いかける。

「今日からうちの工房で初仕事だよね。よろしくね、リエらん」

「はい！　ルナさん、こちらこそよろしくお願いします」

修業、開始です

朝食が終わるとセリスさんに作業用のエプロンを渡されたので、それを着けて早速工房に出撃だ。

そういえば、場所の説明を軽くされただけだから、中に入るのは初めて。

ちょっとドキドキしながら、工房に入ります。

工房は昨日、外町の出張所で見たのとあんまり変わらなかった。でも、広さが倍以上ある分、機材も多いみたいだ。

あ、アレはレイさんのところにはなかった機材だね。

なんて思いながら、工房の中をキョロキョロと見回していると、セリスさんからお声がかかる。

「さて、それじゃあリエラちゃん。最初は普通の道具でやってみましょうか」

「よろしくお願いします」

ん？　ちょっぴり気になるキーワードがあったよね？　『普通の』ってことは、『普通じゃない』道具もあるってこと？

セリスさんの手によって作業用の台に並べられたモノを、まずは確認していく。

道具……乳鉢・ビーカー二個・ガラス棒・小型コンロ・ろ過器・ろ紙・秤（はかり）。

材料……お水・乾いた赤薬草（あかやくそう）たくさん。

ちなみに赤薬草っていうのは、文字通り赤い薬草のこと。

うん、乾いた草を所定の量だけ量って、乳鉢でゴリゴリすり潰して、ビーカーで煮出すということですね。最後にろ過器を使ってもう片方のビーカーに注いで終了？

「手順は簡単なのだけど……」

セリスさんが説明してくれた手順は、概（おおむ）ねリエラの想像通り。煮出す時間とかは、作る薬の量によって違うんだって。

今回作るのは、百ミリリットルの傷薬。

魔法薬じゃないので、多少なら煮出し時間が前後しても構わないそうです。

「私はそこで別の薬を作っているから、何かあったら声をかけてね」

セリスさんはそう言うと、壁際の機材をいじり始める。その機材が何をするためのモノなのかは気になるけれど、まずは自分のお仕事だ。

よし、リエラも始めるぞー！

干した薬草を大まかに量って、乳鉢でゴリゴリすり潰す。

結構、細かくするの大変だな……

一生懸命、力を込めてすり潰す。

ごーりごーり。

粉末になった薬草を再び秤に載せて、量を調整。それをビーカーに移してから、蒸発する分も見込んで、少し多めに水を入れてコンロで温め始める。

お水を量るのに使ったビーカーは、今のうちに布巾で拭いておこう。

後で煮出した液体を濾して入れるのに必要だからね。

ぐつぐつ煮立たないように、火力を調整しながらガラス棒で中身をかき回していく。

すると、薬草から赤っぽい色が染み出してきた。

これって、よく擦り傷とかに塗るやつじゃないかな？

ばい菌が入るのを防いでくれて、治りが早くなるんだよね。

孤児院で随分とお世話になりました。

百十ミリリットルくらいになったところで、加熱終了。さっき拭いたビーカーにろ過器とろ紙をセットしてから、零さないように注いでいく。

……おお、ちょうど百ミリリットル！　すごい！　リエラ天才!?

なーんて、アホなことを考えるのは置いといて。とりあえず、これで完成……かな？

「セリスさん、出来上がりました！」

「はい、確認するわね」

リエラの声を聞いてやってきたセリスさんが、出来上がったばかりの薬液を確認する。

それをドキドキしながら見守ります。

ちゃんとできているといいんだけど……

「うーん……。ちょっぴり残念、あと少し！」

薬の出来は、どうやらセリスさんのお眼鏡には適わなかった様子。

がーん！

悲しいけど、最初から上手くいくものでもないか……。そんなに簡単に作れちゃうんじゃ、薬屋さんはみんな廃業だもの。

「でもね、リエラちゃん。一箇所だけ工程を見直せば、劇的に品質が上がるはずよ」

そう言って教えてくれたのは、最初の工程である、乳鉢ですり潰す作業。

同じ乳鉢を使っているはずなのに、セリスさんが使うとなんだか優しい音がする。

コリコリコリ。

コリコリコリコリ。

「この最初の作業が、出来上がりを良くも悪くもするの。力任せにゴリゴリすると、余分な熱が出て薬草が変質してしまうから……。優しく、時間をかけてあげれば、その分だけいいものが出来上がるわ。さ、これをさっきと同じように煮出してみてね」

セリスさんは、リエラの肩を優しくポンと叩いて、自分の作業に戻っていく。

リエラも気を取り直して、セリスさんのすってくれた薬草で再挑戦。

初めての共同作業……的な？

セリスさんの言っていた通り、煮出し始めてすぐに差が現れ始めた。

さっき作ったものをちらりと横目で見ると、今作っているものに比べて妙に赤黒い。

黒っぽいのは、すり潰す時に力を入れすぎた影響？

さっきと同じように百十ミリリットルになったところで加熱をやめて、ろ紙で濾(こ)していく。今回も百ミリリットルちょうどと、ぴったりな量を煮出せたみたい。

早速出来上がったものを並べてみると、見た目が明らかに違う。

セリスさんがすり潰した方は、透明感のある綺麗な赤。

リエラがすり潰した方は、赤黒くてどことなく濁(にご)っている。

見比べて唸(うな)っていたら、それに気が付いたセリスさんが見に来た。

「上手にできたみたいね」

そう言いながら、出来上がり品を灯りに透かして見ている。

あれ？　セリスさん、今何かしたかな？

一瞬、変な感じがしたけど、ほんの微かなものだったし、気のせいかもしれない。

「上出来ね、これなら売り物にできるわ」

頷いたセリスさんは、薬を透明な小瓶に移して作業台の真ん中へ。

「今日の目標は、今と同じものを自分で作れるようになること。もしも今日のうちに、今と同じ量を作れるようになったら、五百ミリリットルを二回、その次は千ミリリットルを二回、成功するまで挑戦しましょう。最後に五千ミリリットルを一度の作業で作れるようになったら、魔法薬に挑戦してみましょう」

そう言うと、使い終わったばかりの機材を手に取って、あっという間に綺麗な状態にしてしまう。

またしても感じる、さっきのに近い違和感。

もしかして……？

「今、魔法を使いましたか？」

間違っていたら恥ずかしいなと思いながら聞いたんだけど、彼女はなんでもないことのように頷いた。

「ええ。『洗浄』の魔法を使ったわよ？」

確か、昨日読んだ本にあったやつだ！

「そういえば、まだ魔法は使えないのよね」

少し間をおいて、リエラが訊ねた理由に思い当たったらしく、セリスさんは決まり悪そうに頬を染める。

「アスタール様が貸した本にも載っていたと思うから、覚えておくととても重宝するわ」

「早速、夜に挑戦してみます！」

「無理はしちゃだめよ？」

その言葉に頷きながら、ちょっとだけ無理しちゃいそうだ。だって、今見ただけでも、使えるようになれば絶対に便利だと分かる。

うん、絶対に覚えよう！

その日は、百ミリリットルの調合をもう一度やって合格。五百ミリリットルの調合には二回失敗したものの、その後は続けて二回合格した。

そして千ミリリットルにも挑戦。やはり二回連続で失敗しつつも、なんとか二回の合格をもらったところで、お仕事終了の時間になった。

単純に薬草や水の量を増やすだけじゃいけない、っていうのはとても勉強になった。

その量の見極めを覚えるために、一度に作る量を少しずつ増やしているんだと思う。

明日は五千ミリリットルに挑戦。

今日の失敗を、明日の成功の糧（かて）にしなくちゃね。


さてさて、お風呂に入ってご飯も食べたら、お次は魔法を練習する時間だ。

まずは、昨日の復習で『照明』からやってみた。

魔力をお腹に集めて、それを頭の方へ移動。それから天井の真ん中辺りにほんわか温かな魔力をイメージして放出する。

ん、成功！

天井の光源が二つになったのを確認してから、魔導具で点けた方の灯りを消す。

お次は『給水』に挑戦。

手に持ったコップを見ながら、ひんやりした魔力でコップが満たされるのをイメージしつつ魔力を放出。みるみるうちに水がコップの中に湧いてくるのを、ウキウキしながら眺める。

やっぱり、『給水』の水の溜まり方、なんか好きだなー♪

ほどよく溜まったところで、いただきまーす。

「ごっくん、ぷはー♪」

この『給水』で出したお水って、いい感じの冷たさでとても美味しいので一気に飲めちゃう♪

ただ、本に書いてあった呪文を唱える方法だと、コップ一杯程度のお水しか作れない。

リエラは呪文を使わずにできるなら、そちらの方法でいこうと思っているので、呪文なしでもっとたくさんのお水を作れないか実験だ。

魔力を放出するところまでは昨日と同じだけど、放出する先は作業台の上に置いた、顔を洗うのにちょうどいいサイズの桶。

これにいっぱいになるように魔法を使ってみよう。

目の前に置いた桶がいっぱいになるイメージと共に、魔力を放出する。桶の底に、うっすらと水の膜が張り、それが少しずつ盛り上がっていく。そうして最後には、リエラが想像した通りに桶いっぱいの水が作り出されていた。

「おおお……！　やった！」

なんだか女の子にあるまじき声が上がってしまった気もするけれど、この際、それは気にしない。

実験成功ですよ!!　呪文を唱える方法ではできなかったけど、逆に呪文を使わない方法なら水の量を増やすことができるみたい。

これなら減らすこともできそうだし、実験は大成功じゃないかな？

あくまでリエラの体感になるけど、作る水の量によって必要な魔力も増減するみたいだ。これは、『照明』の魔法でも応用が利きそうなので後で試してみよう。

次はセリスさんもおすすめしてくれた、『洗浄』の魔法を試してみる。

これは初めての挑戦で、どんな風に魔力を変化させればいいのか想像できないので、呪文を唱えて確認。

「我は求む。そは、汚れなきもの。我が求めに従い、汚れを払え。――『洗浄』」

なんだか、呪いでも祓うかのような呪文だけど、これはお掃除・洗濯・洗い物に使う呪文だ。唱え終わると、すぐにその効果が目の前に現れた。

なんと、さっき水を飲んだばかりのコップと、作業台がぴっかぴかに！　これはすごい！　雑巾さん、箒さん、あなた達とはもうお別れです……

さて、魔力変化のイメージは掴めたので、今度は呪文なしでの挑戦！

今度はベッドで試してみようかな。

きっと、シーツを綺麗にしたら気分よく寝られるはず……

昨日は、部屋を一通り『洗浄』で綺麗にした後、ほどよい疲れを感じたのでセリスさんのお言葉通り早めに就寝した。そのおかげで、とっても爽快な目覚めです。

シャワーを浴びて体もスッキリしたら、少しだけ他の魔法も試してみようかな。

リエラが使えるようになったのは『照明』『給水』『洗浄』の三つ。次は何にしよう？　と、シャワーを浴びながら楽しく悩む。

それにしても、朝シャワー。一度やったら気持ちよくって、もう病みつき……

リエラは、ここに来てからすっかり贅沢病が染みついちゃったなぁ……

……と、それはそれとして。この魔導具を使うと、見えない場所にお湯が溜まる。

自分で魔法を使う時にも同じように、見えないところに効果が出せたら便利だと思うんだけど……。何か、いい方法はないものかなー？

色々、魔法の使い勝手について考えてはみたものの、これといった案も出ないままお仕事の時間になってしまった。

しっかりと頭を切り替えて、修業の開始！

今日は五千ミリリットルの傷薬に挑戦するところから。昨日片付けた機材や薬草を取り出して、作業に取りかかれるように並べていく。

ちなみに、千ミリリットルを作ることになった時点で、ビーカーが片手鍋に変更された。

少し勝手が違って、やりづらい気がしたけど、これも慣れかな？

五千ミリリットルだと、深底鍋になるそうなので、また勝手が変わるんだよね……

ちなみに、煮出している時の色の変化が綺麗なので、リエラとしてはガラスの器具の方が好みだ。でも、五千ミリリットルも入るガラス器具は作るのも大変そうだし仕方ないか。

たくさんの薬を煮出す時の注意点は、単純に水の量を増やすだけじゃダメ、ということ。

これは蒸発する水の量が、少ない薬を作る時と比べてそれほど増えないのが理由。蒸発する水の量を読み間違えてしまうと、効果の薄い薬ができてしまう。

千ミリリットルの時はなんとかあまり失敗せずに済んだけど、今回は難しいかも。

ここは頑張らねば。

コリコリ。

コリコリコリコリ。

ひたすら薬草をすり潰す。優しく優しく、焦らず丁寧にを心がけないと、また最初の赤黒い傷薬ができちゃうよ。

昨日は、一度に大量にすろうとしてムラができてしまった。

その教訓を生かして、少量ずつすっては蓋(ふた)付きの瓶に入れて保存しておく。

できる限りすりたてのものを使った方が、質のいいものが出来上がるから、前の日から用意しておくのは厳禁なんだって。

というわけで、今すった分は今日のうちに使い切らないといけない。

手作業なので結構大変だけれど、意外とこういう作業は好きなんだよね。コリコリという音と一緒に、なんとも言えない穏やかな時間が流れる感じ。

その穏やかな時間が終わると、今度は煮出しの時間です。

すり終わった薬草をしっかりと量り直して鍋に入れる。計量カップできちんと水を量り入れてから、沸騰しないように加熱。

ろ紙をセットしたろ過器を通して出来上がり。

……………ふぅ。一回目は残念ながら失敗だ。また、最初からやり直し。

失敗の原因を探るために、今の工程をメモしておこう。

そうして何度も挑戦したんだけれど、今日は結局、五回も失敗してしまった。五回分ともなると、材料も結構な量だったのに、なんともったいない……

でも、工程をメモしていたのが功を奏した。

五回目の失敗の後は、見事セリスさんの太鼓判をいただいて、無事、傷薬の調合は卒業！

それに、思いのほか早く卒業できたと、セリスさんにすごく褒めてもらえた。リエラが失敗するたびに取っていたメモを見て何やら感心していたので、やっぱりメモは無駄じゃなかったんだと誇らしい気持ちになる。

何はともあれ、これで明日から魔法薬の調合に入れます。

ますます頑張らなくっちゃ♪

「それにしても、リエラちゃんはすごいわね。こんなメモを取りながら作業していたことにも驚きだけど、物覚えもよくって本当に驚かされてばっかり。その上、昨日の今日でもう『洗浄』も使えるようになっているなんて……」

これは、リエラが使った機材に『洗浄』をかけているのを見かけたセリスさんのお言葉。そんなに特別なことをしたつもりはないんだけど、それを普通にやるのが難しいんだと返された。

そういうものなのか……

今日は無事に五千ミリリットルの調合を成功させたおかげで、ちょっと早上がりができたから、いつもよりも早い時間にお風呂に入れることになった。

アスタールさん兄弟が外出先からまだ帰ってきてないからと、アストールちゃんのお風呂も頼まれたんだけど、嬉しすぎ！　ええ、もう、望むところです！

そういうわけで、アストールちゃんのすべすべふにふになほっぺと、炎麗ちゃんのぽんぽこお腹にたっぷり癒（いや）される幸せな入浴タイムを満喫している。

更に更に！　前回、髪の毛を結んであげたのに加えて、一緒にお風呂に入ったことによって、とうとうアストールちゃんの人見知り状態がめでたく解除！

なんとリエラの名前を呼んでくれるようになったんだよ。

しかも、舌が回らないみたいで「いえあ」って……

呼び方まで可愛すぎる……

「それにしてもさー」

湯船でくつろぐリエラの隣で、ぶーっと膨れながら言うのはルナさん。

後から入ってきた彼女は何やらオカンムリ。

その様子に首を傾げながら見ていると、彼女は急にお湯をバシャン！　と拳（こぶし）で叩きながら絶叫した。

「リエらんが工房に入るって言うから、お喋（しゃべ）りできるの楽しみにしてたのに、全然話す隙がない～！」

「……はい？」

「アスタール様のお弟子さんが女の子だって聞いた時から、ずっと楽しみにしてたのよ～！　なのに、なのにさ……。ご飯の時しか顔を合わせる機会もないじゃない？」

そう言いつつ、リエラの肩をガシっと掴んで見つめてくる。

おおう、なんだか涙目だ。

「おじさんおばさんばっかりじゃなく、もっと歳の近い女の子と話したい～!!」

話を聞くと、どうもお店に来るのはおじさんやおばさんが多いみたいで、ルナさんと歳の近い人はほとんど来ないんだって。

休みの日には友達と会えるけど、それ以外で色々お喋り(しゃべ)できる相手が欲しいらしい。

「お仕事中は難しいけど、休憩時間でよければお相手になりますよ？」

そう言うと、彼女はすっごく喜んだ。

「リエらんの仕事もさ、多少なら手伝えるよ？　ほら、薬草をするのとか結構得意なんだよね。あれなら、手伝いながらお喋(しゃべ)りもできるしさ？」

そこはセリスさんの許可が出たらってことで、明日お返事することに。

でも、今はまだ自分で薬草をすって、作業に慣れていきたいなーというのが正直なところ。お手伝いをお願いするとしたら、もっと慣れてからかな？

今度、お部屋に遊びに来てもらうことにして、お風呂から上がることにした。

そろそろのぼせそう……

昨日は夕飯の後に、喜び勇んだルナさんが部屋に突撃してきて、急遽、女子トークが始まった。

それはそれでいい息抜きになったし楽しかったけど、魔法のお勉強は断念。

話しているうちに、歳も大して違わないという理由で『ルナちゃん』って呼ぶことになった。

呼び方次第で親近感が増したり、壁を感じたりしちゃうのはなんでだろうね？

なんか、ルナちゃんとの距離がぐっと縮んだ気がする。

今夜も遊びに来てくれることになっているから、魔法の練習は朝だけにしよう。そもそも勉強しろって言われたわけじゃないし、大丈夫だよね……？

自分に言い訳しながら、使えるようになった魔法の復習を始める。

こういうのは、反復練習が大事。

『照明』『給水』『洗浄』と順番に使ってみると、昨日よりもすんなり使えるようになっていた。具体的には魔法が発動するまでの時間が、少し短くなっているみたい。

次に練習するのは……

最初に載ってる三つの呪文を覚えたことだし、順番にってことで四つ目の『加熱』でいいかな。朝ご飯の時間まで、挑戦あるのみ！

やっぱりすぐに『加熱』を使えはしなかったけど手応えは感じられたから、きっと、明日の朝も練習すれば使えるようになるに違いない。

それはそれとして！

今日から、魔法薬の調合を習うことになっている。機材の用意をしているセリスさんを見ながら、口元が緩んでしまいます。

ああ、楽しみすぎる♪　お薬を作るのが、こんなに楽しいなんて想像もしてなかった。

きっとこういうのを『性に合う』とか言うんだろうなぁ……

「さて、今日からは『高速治療薬』を作るわよ。しばらくこの機材を使ってね」

そう言いながら、セリスさんが機材を並べていく。

道具……大きめの乳鉢と乳棒・十リットルは入りそうな蓋付きの壺・壺の入り口と同じくらいのサイズの金網・目が粗めの白い布袋・秤。

材料……お水・乾燥した赤薬草たくさん。

乳鉢と乳棒は、すり鉢とすりこぎと言った方がいいような大きさだ。そのすり鉢とすりこぎ、更に壺にも魔法石が嵌め込まれているので、なんだかリエラの部屋にある魔導具を連想してしまう。

　セリスさんを見ると、その視線だけでリエラの考えを察したのか、彼女はふんわりと微笑んで手順の説明を始める。

　一部の機材が変わるものの、手順自体は傷薬を作る時とほぼ同じでいいらしい。

　ただ、薬草を煮出す時には直に壺――調合壺と言うらしい――に入れちゃダメで、布袋をセットした金網を使う。

　布袋に薬草を入れ、金網を調合壺の入り口に差し込んで、水を注ぐとのことだった。

　そこまで準備ができたら、後は調合壺が自動で煮出してくれるらしい。中止するタイミングも管理してくれるから、全ての動きが止まってから金網を外せばいいんだって。

　この金網と布袋は、ろ過器の代用品らしい。ろ過器に通すとしたら、十リットルも煮出せる壺を持ち上げて……なんて大変すぎるからね。

　道具が変わると、そういう細かい部分も変えていく必要があるってことなんだなぁ。

　でも、叶うことなら五千ミリリットルの傷薬を作る時点で、この金網を使いたかった……

「それから」

　引き続き、セリスさんが説明してくれる。

「すり鉢とすりこぎ、調合壺。この三つには魔法石が嵌っているでしょう?」

「はい、リエラの部屋にあるボタンに似てますよね」

リエラの返事に『正解』とばかりにセリスさんは笑みを浮かべた。

「このすり鉢とすりこぎで薬草をする時は、必ず魔法石に触れるようにしてね。魔法薬は薬草をする段階から魔力を与えていかないといけないの。この魔法石は、薬草に魔力を与えるための補助をしてくれるわ」

そう言いながら、若草色をしたその魔法石に優しい手つきで触れる。

「調合壺に薬草と水を入れ終わったら蓋をきちんと閉めてから、壺のお腹の部分にある魔法石に触れてね」

「そうすると、加熱が始まるんですか?」

「ええ、そのためのスイッチの役目もするのだけど、主な役目は、煮出している液に魔力を注入するための補助よ」

「なんだか、随分と魔力を消耗しそう……」

リエラがそう呟くと、セリスさんは表情を改めて真顔になる。

「そうよ。魔法薬を作ると、結構な量の魔力を消費するわ。だから、少しでも眩暈を感じたら、必ず中断してちょうだい。そして休憩をしてから作業の続きをすること。きち

ん と覚えておいてね？」

魔力は使いすぎると倒れることもあるって、一般常識として学校で習ったことがある。眩暈（めまい）がするっていうのが、その前兆なんだろう。

リエラが頷くと、セリスさんは微（かす）かに微笑む。

その瞳に心配そうな色が浮かんでいた。

「調合壺を扱う時は特に気を付けてね？　一度、作動させたら薬が出来上がるまで中断することができないから……。魔力が完全に枯渇（こかつ）してしまうと、命を落とす危険もあるの」

本当にお願いね？　とセリスさんは再度念を押してから、リエラの頭をそっと撫でた。

大事なことだと思うから、今の忠告を忘れないうちに書いておこう。魔力を使いすぎると死ぬこともあるなんて、学校では習わなかった。

魔法具は、自前の魔力じゃなく魔力石に蓄（たくわ）えられた魔力を使う。だから、魔力の少ない人が使っても枯渇（こかつ）するなんてことはないはずだ。

魔導具ならありうるのかもしれないけど、普通には流通してなさそうだよね。魔力の使いすぎで死んじゃうとしたら、魔法を専業にしている魔法使い？

この工房で使っている魔導具は明らかに一般に普及しているものとは違う。魔力石を使わずに、自分自身の魔力を使って動かしているんだもの。

セリスさんの忠告は、きっとそれを踏まえてのものだと思う。

確かに、フラフラしてきたのを眠気と勘違いして、魔導具のシャワーを浴びて眠気覚まし……なんてやっちゃうと危ないかも。

メモを取りながら、さっき書いたものを二重線で訂正。

魔力の枯渇で死ぬ可能性があるのは、魔法使いだけじゃない。錬金術師も含めた魔力を必須とする職業の人全て、と。

うーん……お金が稼げそうなお仕事というのはやっぱり、それ相応の危険もあるということなんだなぁ。

よし、体調管理にはきっちり気を付けながら頑張ろう！

死んじゃったら元も子もないしね。

さて、では改めて新しい機材を使って魔法薬の調合です。最初のうちは一リットルから始めて、体に負担がないようなら五百ミリリットルずつ増やしていくようにと言われたので、その指示通りにやっていくことにする。

まずは薬草を大まかに量ってから少しずつ丁寧にコリコリとすっていく。

左手はすり鉢の魔法石に、右手はすりこぎの魔法石に触れている。

する作業を始めると、じわじわと魔力が抜き取られる感覚がした。

うわ。

これって、すっている間中、ずっと魔力を吸い取られていくんだ……

思ったよりも、これはきつい。夢中になって作業しちゃうと危険だ。

セリスさんの忠告を聞いていなかったら、今までと同じつもりで鼻歌交じりに作業していただろう。そして、彼女の危惧したようなことになっていたかもしれない。

先に危険性について教えてくれたことに、本当に感謝だよ……！

薬草をすり潰す作業が終わったところで結構な疲労を感じたから、道具を置いて一休み。とりあえず、作業台に突っ伏してグデッとする。

ああ、作業台がひんやりして気持ちいい……

その体勢のままぼんやりと、作業をしているセリスさんを眺める。

セリスさんは、高さが一メートルくらいはある大きな鍋で魔法薬を作っているみたい。

これまた大きなかき混ぜ棒でぐるぐるかき混ぜながら、すごく集中している。

たまに、セリスさんの手の辺りが煙るように見えた。

鍋の湯気とはちょっと違うような気がして、じっと目を凝らす。

しばらくそうしていると、微かに、本当に微かにだけど、セリスさんから青っぽい靄のようなものが現れた。

「え?」

よくよく見ると、その靄のようなものは、かき混ぜ棒を伝って鍋の中身に注がれていっている。

「えええええええええ〜!!」

セリスさん!　その靄は一体なんですか……!!

思わず、作業台をバンと叩きながら立ち上がる。

セリスさんは、そんなリエラを見て驚いたように目を瞬いた。けれど、すぐにその表情は微笑に変わる。

「この調薬が終わったら、お茶にしましょうか」

彼女はそう言って、再び調合に集中し始めた。

あれ?　青い靄が見えなくなった?　今まで見えてたのは一体なんだったんだろう……

リエラは不思議に思いつつ、セリスさんの調薬が終わるのを待つことにした。

「出来上がり……と。お話の前に、樽に詰めさせてもらっちゃうわね」

セリスさんはかき混ぜ棒を脇に置くと、地下の倉庫から直径一センチメートルくらいの穴が空いた小さな樽をいくつか持ってきて、詰め込み作業を始める。

セリスさんが樽の栓を抜くと同時に、大きな鍋からニュルニュルと緑の管のようなものが伸びてきて、並べられた樽の穴に吸い込まれていく。

緑の管が消えた後、大きな鍋を覗(のぞ)き込んでみると、そこにあるのは干からびた薬草だけ。

どうやら、さっきの緑の管は薬液そのものだったらしい。

――ってことは、魔法でさっきみたいなこともできるんだ！

そう思うと、自分もやってみたくてうずうずしてくる。

ああ、そういう実験は、自分の部屋に帰ってから！　今はお仕事の時間だから、その境界は間違えちゃいけない。

リエラが悶々(もんもん)としている間に、セリスさんは樽に蛇口をつけ始める。そして気付いた時には、作業を終えてしまっていた。

しまった……。余計なことを考えていなければ、お手伝いできたのに。

「はい、終了。それじゃ、ルナも呼んでお茶でも飲みましょう」

お店の入り口に『休憩中』の札を出して、ルナちゃんも一緒にお茶を飲むことになった。工房の作業台でお茶ができるように、少し片付けをしておく。

その時、ふと思ったんだけど、今までこういう休憩ってなかったかも。

セリスさんが優雅な手つきでお茶を配ってくれて、それを見ながら思い返してみる。

……うん。

調合が楽しすぎて、わき目もふらずにやっていたから、そういう隙がなかったんだ。

毎日、気が付くと夕方になっていたし、きっとそういうことだね。

お茶を配った後、工房を出ていったセリスさんをお喋りしながら待っていると、彼女はお茶菓子を持って戻ってきた。

お茶だけじゃなく、お菓子まで！

全く、ここの生活は贅沢すぎる。幸せすぎて、時々夢なんじゃないかと思う時もあるくらい。

ルナちゃんは、『いただきます』の合図を待ってうずうずしている。リエラよりもちょっとお姉さんなのに、なんだか可愛いなぁ。

「何はともあれ、リエラちゃん、おめでとう！」

セリスさんがそう言いながら、リエラのコップに自分のコップを軽くぶつけて乾杯する。

「お？　何々？　リエらん、なんだか分からないけどおめでと～！」

ルナちゃんもわけが分からないなりに、それを真似て乾杯。

リエラが目を丸くしていると、セリスさんが笑いながら理由を説明してくれる。

「さっき、私が作業しているのを見ていた時に、『魔力視』をしていたでしょう。外の世界で育った子が、こんなに早く魔力を見ることができるようになるとは思わなかったわ」

それを聞いたルナちゃんが満面の笑みで歓声を上げた。

「リエらん、すごい！　これで本採用は間違いなしだね～！」

え？　え？

「『魔力視』って、なんですか？」

「知らないなら、あたしが教えてあげる！　『魔力視』っていうのはね－……」

リエラの質問に答えてくれたルナちゃんは、なんだか胸を張ってドヤ顔だ。

「魔力の流れを見る方法のこと。これができるようになると、修業も色々捗るよ」

そう教えてくれた後、楽しそうに人差し指を立てる。

「さーて？　な・に・い・ろ・だ～？」

ルナちゃんがそう言うと同時に、その指先に何かを感じて目を凝らす。

しばらく注視していたら、ピンク色のハートマークがぼんやりと見えてきた。

「……ピンクのハート？」

「あったり～！」

「慣れてくると、特に集中しなくても簡単に見られるようになるわ」

はしゃぐルナちゃんに代わり、セリスさんが微笑みながら補足を入れてくれる。

リエラはふむふむと頷きつつも、お茶を飲む。

「魔力の流れを見ることができるようになると、どうして修業が……」

そこまで考えて、ふと気付く。

さっきセリスさんが調合している時に、青い靄（もや）が見えたんだった！

きっと、あれが魔力なんだよね？

ってことは、調合を教えてもらっている時に魔力の流れをきちんと見るようにすれば、上達が早くなるってことかな？

今、リエラが考えたことを確認してみると、セリスさんは満足げに微笑んで頭を撫でてくれた。

うーーーーわーーーーーーー！

お姉様って言いたい!!

お姉様って言って抱きつきたい!!

……はっ、ダメダメ。

落ち着かないと！

「そ、そういえば、ルナちゃんも『魔力視』って使えるんだよね？」

内心の暴走を悟られないようにルナちゃんに水を向ける。

さっきの話しぶりからすると使えそうだけど、一応確認するフリで。

「グラムナードではみんな使えるよー。『魔力視』が使えると、魔獣との戦闘が少し有利になるしね。結構、実用的」

「自然に使えるようになれば、そういう使い方もできるけど……。リエラちゃんはまだそこまで考えなくていいわ。でもお仕事をする上で、魔力の流れを見られるのは強みになるわよ」

ルナちゃんの言葉に頷きながらも、こっそりと方向修正を試みるセリスさん。

ルナちゃんは、ちょっと好戦的なんだね。

自分は魔法戦士だって言っていたし、十五歳になったら探索者協会に登録するつもりだから、そういう方面に考えが偏るのかもしれない。

そんな風に三人で楽しくお喋りをしつつの休憩が終わると、調薬の続きを始める。

今度は『魔力視』を使いながら、煮出しの作業だ。

すり潰した薬草を量り直してから、布袋の中に移して金網にセット。それを調合壺に取り付けてから水を加えて蓋をする。

ここまではまだ魔力は使っていないけど、薬草から仄かに魔力が立ち上っているのが確認できた。さっきやたらと疲れたのは、薬草に結構な量の魔力を注いでいたかららしい。

調合壺の魔法石に触れると、またしても魔力が吸い出され始める。

魔力の色が赤から青に、少しずつ変わっていくのは、魔力の質が変わったから？

赤い間は……加熱？　青くなった時は……なんだろう？

何はともあれ、魔力が吸い出されるのがようやく終わった頃には、結構なグッタリ加減。出来上がった薬はセリスさんに問題なく合格をもらえたものの、まだ一リットルしか作ってないのにこんなに疲れちゃうなんて……

ちゃんとお店に出せるだけの量を作れるようになるのは難しいんじゃないだろうか。

とはいえ、『魔力視』が使えるようになったのは収穫だったと思う。

夕ご飯を食べた後、疲れ切った体をベッドに潜り込ませると、あっという間に意識がなくなった。

魔法薬の調合を教わり出してから今日で三日になる。

適度に休むことを覚えたおかげか、初日よりはいいペースでできるようになってきたかな。

ちゃんと『魔力視』も使って、魔力の流れを覚えていくようにしている。そのうち、魔導具を使わずに調薬できるようになるだろう。

とはいえ、五リットルの調薬もまだできないし、流石に気が早いかな？

セリスさんによると、少しずつ魔力が増えていくからそんなに長くはかからないって話だけど……。早く魔力だけでなく、できることが増えるといいな。

今日も美味しいお夕飯を食べ終わったところで、アスタールさんからお呼び出し。

何気に一人で行くのは初めてなので、少し緊張してしまう。

コンコン。

ノックをしたら、すぐに返事が聞こえた。

「失礼します」

扉を開けて中に入ると、やっぱり最初に目に入るのは大きな六つの水晶。

この水晶、なんとも言えない存在感があるよね。

「それが気になるかね？」

アスタールさんの、少し笑いを含んだ声。

顔は相変わらず無表情だけど、声だけじゃなくて耳も楽しげに揺れている。

だから多分、笑っているんじゃないかな。

「……まだ、君には早いな。それよりも先に、明日の話をしよう」

なんとなく残念そうな口調だったけど、座るように手ぶりで促されたので、その無言の指示に従いソファに腰を下ろす。

今日もフラスコでビーカーにお茶を淹れてくれたアスタールさんが、話を切り出す。

「早速だが、明日の朝食後に外町で行う商談用の見積りを頼みたい」

「商談、ですか？」

見習いの弟子にする頼みだとは思えなくて、つい聞き返してしまう。

「うむ」

彼はそう言って、お茶を一啜り。

耳はピクリともしないから、今のは想定の範囲内の質問だったみたい。

「商談の相手はグレッグ殿だ」

「へ？」

予想外の人の名前が出てきた。

そういえばグレッグおじさんは、もうそろそろ帰る予定だったかも。次回この町に来る時のために、明日辺り商談をしてもおかしくない。

でも、見積りを出すってことは、前にもしたってことだよね？　いつの間に商談なんてしてたんだろう?

疑問がそのまま顔に出てたらしく、リエラが訊ねる前にアスタールさんが口を開く。

「君がここに着いた日のことを覚えているかね?」

「あ、はい。確かソファがふわふわで気持ちよくって、ついついぐーすか寝てしまいました」

思い出して顔が赤くなるのを感じる。

そっか、起きた時に何か話していたのはその話だったのか。

知らなかったのは、リエラが寝ていたせいなんですね……

「何か話していたみたいですけど……。あの時に商談をしていたんですね」

「うむ」

「でも、その商談とリエラがどう関係してくるのかがよく分かりません……」

なかなか説明してくれないアスタールさんを、ついつい上目遣いで見てしまう。

耳はピクリとも動かない。これも想定内の反応なのかぁ……

でも、あれ? なんだか一瞬、目を逸らした?

「グレッグ殿から今回頼まれているのは、君が作った『高速治療薬』だ。数量は二百本分で二樽。価格の設定や見積書の書式は君に任せる」

「え……」

何を言われたのか、思わず耳を疑う。

なんだか、とんでもないことを言われた気がするんだけど……

え？　しかもリエラが作った『高速治療薬』に、自分で値段をつけろと……？

もう、リエラの頭の中はひどい混乱状態だ。弟子入りしたばっかりのリエラが作った魔法薬を、グレッグおじさんに売るための交渉をするの？

「……とはいえ、だ。誰かに協力を仰ぐのは問題ない。市場価格を把握しつつ、互いに利益を得られるような価格設定ができるよう励みたまえ」

ア……アスタールさん……？　いきなりこんなことを言うなんて、無茶ぶりがひどすぎると思います……!!

でもリエラの口から、抗議の声は出ない。代わりに目から汗が零れちゃう。

決して、涙じゃないよ？　汗なんだってば!!

ほら、涙は心の汗ともいうし！

アスタールさんの部屋を後にしたリエラは猛ダッシュで自分の部屋に戻る。すると、ちょうどルナちゃんが来たところだった。

「リエらん、そんなに慌ててどうしたの？」

あんまりにも大急ぎで走ってきたからか、ルナちゃんは目を丸くしている。

そりゃ、普通なら寝ててもいい時間だもんね……

慌てて走り回るような時間じゃない。

「ちょっとアスタールさんに仕事を頼まれちゃって……」

「ター兄に？　ちょい落ち着いて、おねーさんに相談してみ？」

お姉さん風を吹かせるルナちゃんにすんなり相談する気になったのは、『誰かに協力してもらってもいい』というアスタールさんの言葉があったおかげだ。

部屋に入ってから事情を話すと、ルナちゃんはため息交じりに天を仰ぐ。

「ター兄、無茶ぶりしすぎー……」

「とりあえず落ち着いて、何を考えるべきか整理しよっか」

「ひとまず注文の品は『高速治療薬』だから……」

ルナちゃんは店番をずっとやっているだけあって、とても頼りになった。

まず、調べなくても商品の値段を完璧に把握しているのは大きい。

リエラは彼女に教わりながら見積書を作る。なんだか、お師匠様のアスタールさん以外の人に教わってばっかりだなぁ……

ところで、ルナちゃんに聞いて驚いたのが、同じ品物でも条件次第で値段が変わるということ。

例を挙げるならこんな感じ。

その一。調薬師がいない土地だと値段が高くなりやすく、逆にたくさんいる土地だと値段が安くなりやすい。これは、買う人よりも作る数が多くなっちゃうから。

その二。魔物が多い土地だと高くても売れやすく、逆に少ない土地だと安くても売れない。こっちは、怪我をする人が多いか少ないかという話。怪我をしなければ、傷を治す薬も要らないというのは納得できる。

その三。原料になる薬草が近くで採れるかどうかや、更に採れる量と質の良し悪しなんかも値段に関わってくる。地元で採れない場合は採れるところから買わなきゃいけないから、その分、材料費が高くなっちゃうよね。たとえ採れるとしても量が少なくて必要数に満たないんじゃ、結局余所から買うことになる。薬草の質に至っては、それこそ出来上がりにも直結してくるし。

これらを考えた上で、商品の運賃まで考えないといけないとか……。

正直、このお仕事って一晩くらいの付け焼刃じゃどうにもならないと思う。せめて、もう少し早く言ってほしかった……。

そういえば、赤薬草ってどこで採れるものなんだろ？

少なくともグラムナードでは採れるんだよね？

ちなみにうちの工房では、中町と外町で売っているものが違う。例えば中町では『高速治療薬』を売っていない。

理由は、『高速治療薬』のように調合が簡単なものは他にも作れる人がいるから。特に『森の氏族』は大概の人が作れるから、中町の人はそっちのお店で買うらしい。

じゃあ、中町の工房で何を売ってるのかって話なんだけど……

「ター兄しか作れない、大人のお薬とかだよ。まー、リエらんにも私にも、まだまだ早い系」

「大人のお薬？　腰痛とか？」

首を傾げながら呟くと、ルナちゃん大ウケ。

ちょっと笑いすぎだよ……

「百年も生きてれば、いつか必要になるかもねぇ……？」

「いや、その頃にはお迎え来ちゃうでしょ？」

「ここの住人は魔力が多いから、三百年は生きるよー？　多分、リエらんもそうなるんじゃない？」

笑いすぎて出てきた涙を拭いながらルナちゃんが言った。その言葉に、リエラは思わず絶句する。

いや、魔力が多いから三百年は生きるって、なんの話？

初耳……いや、違うか。

魔力の多い魔法使いは長生きだって話だけは聞いたことあるかも。でもそれって、せいぜい十年とか二十年とかだと思っていたんだけど、桁が違ってない？

「話を戻そっか。リエらんが『駆け出しの錬金術師見習い』だっていう事実は動かしようがないから、そこを突いて値下げ交渉されると思うんだよねー」

「確かにそれは、同意見。リエラが商談相手だったらそうするもん」

今回の商談で売ることになる『高速治療薬』は、魔導具を用いて作ったものだ。

品質自体は普段、外町出張所で売っているのと変わらないものが作れているそうだけど、リエラは最近弟子入りしたばっかり。

もちろん、そのことを商談相手のグレッグおじさんは知っているわけだよね。ここまで連れてきてくれた人だし。

もう、ため息しか出ない。

「ちなみに、薬の質は問題ないと主張するためだとしても、魔導具のことは話さない方がいいと思うよ」

「そうなの？」

「そう。だって、あれってここでは普通に使っているけどさ。余所では古代魔法文明の遺産だっていって研究材料になっていたり、ものによっては国宝になっていたりもするっていう噂だよ」

「……そう……なんだ……」

さっきの寿命の話も含めて、最近、驚くのに疲れてきたな……

むしろ、ここに来てからビックリしっぱなしだよね？

リエラは、国宝扱いされるようなものを触っていたのか……

「もしかして、この部屋の魔導具も、国宝や研究材料になったりする系？」

「あー……。そうかも？　この町じゃ、ない家の方が珍しいからよく分かんないけど」

うん、ちょっとそんな気はしていた。

とりあえず、魔導具のことは言わないようにしよう。言えないことによって買い叩かれるのは仕方がないってことで……

ルナちゃんと相談しながら作った見積書を再確認して、リエラは深いため息を吐いた。

昨日の夜はルナちゃんと二人で、今日のための作戦会議をしたので少し寝不足気味だ。それでも、なんとか商談の下準備を終わらせた上で朝を迎えることができた。

協力してくれたルナちゃんのためにも、今日は頑張ろう！

「最初の日に、君を迎えに行った部屋で商談を行うことになっている」

ということで、朝食の後アスタールさんと二人で外町の砦に向かっている。

アスタールさん？　朝一番で商談だなんて聞いていませんよ。

見積書の清書、朝に回さなくってよかった……

危なかったよ。

「準備はできているようだな」

アスタールさんはそう言いながら、リエラの手提げ袋をチラリと見る。

「これで大丈夫かは不安ですけど……」

頑張って資料を作ってきたつもりではあるけれど、不安があるのは本当なので正直に答えた。

「商談の前に確認させてくれたまえ」

アスタールさんはなんだか機嫌よさげに耳を揺らしながら、リエラの答えに頷く。

「そういえば……」

不意にアスタールさんが呟いて、リエラの方を振り返った。

「グレッグ殿との商談のことで、話し忘れていた気がするのだが……。代金の支払先は、君のいた孤児院でよかったかね？」

「はい？」

思考回路が止まる。

「え……。あの、今なんて？」

「今日の商談の結果発生した売り上げを、君の育った孤児院に寄付することにしてしまったのだが……。問題あったかね？」

いやいやいやいやいや。

ありがたい話ではあるけど、問題はありまくりかと……！　それって工房にとっては利益が全くないですよね!?

口をパクパクさせるリエラに、アスタールさんの両耳がしょんぼりと下がっていく。

「君は、仕送りをすると言っていただろう？　現金の輸送を誰かに依頼するよりも、グレッグ殿に直接寄付してもらった方が確実かと思ったのだが……」

「そ……そういうことは決める前に話していただきたかったです……」

落ち込んだ様子のアスタールさんに、やっとの思いでそう返す。

いや、今の話で腑に落ちたこともあるよ？　『リエラが作った魔法薬』限定での取引の理由とかさ。

でも、そういうことは最初の時点で言ってほしかった……

「サプライズ的な形にしようと思ってつい……」

「ビックリしすぎて、昨日の夜考えたことがどこかに飛んでいっちゃいました……」

「それは……その、すまない……？」

アスタールさんの両耳が肩より下にいっちゃいそうな勢いで垂れている。

この人は表情筋が死んでいるだけじゃなくて、言葉も足りない人だったらしい。

今度から、急に変なことを言い出した時には、もっと細かく色々と訊ねるようにしよう。そうでないとまた、今日の二の舞になりそうだ。

「後で詳しく確認させていただきたいですけど、まずはグレッグおじさんとの商談を終わらせちゃいましょう」

「うむ。まずはそれからだな」

少し、気を取り直したらしい。耳はまだ垂れ気味だけど。

さっきのお話ですっぽ抜けちゃった商談の方針とかを、着いたらすぐに確認し直さなくちゃ。孤児院への仕送りにも関わることになるなら、あれじゃあまだ甘いかも。

「さて」

商談をする部屋に着いてすぐに、昨日の夜ルナちゃんと相談しながら書いた見積りを取り出す。

これは、同じものを三枚用意してある。一枚目はグレッグおじさんの控えで、二枚目はリエラの、そして三枚目はアスタールさんの分。

『高速治療薬』の値段は外町で買う場合よりは一割安くなっている。

アスタールさんは、控えに目を通して頷いた。

「値段は妥当なところだな」

その言葉にほっと胸を撫で下ろす。

安すぎるとか言われたら、どうしようかと思っていたし。

「この値段にした理由は？」

「最初は中町で売る場合の値段から何割か引こうと思いましたが、ルナちゃんに相談したところ、外町のお店では中町よりも高く売っていると教えてくれました。それだけでなく、外町のお店では小分け用の瓶が料金に含まれているけれど、外町では別料金になっているとも聞きました。今回のように大量に買ってもらえる場合は瓶が必要ないので、中町で売るのと同じ値段にすれば外町で買うよりは安く、中町で買うよりは高くなります。そのため、最初に提示する値段としては、これくらいがちょうどいいんじゃないかと判断しました」

「値下げも考慮に入れているわけかね？」

アスタールさんは目を細めてそう言うと、控えをリエラに返す。

「君が作ったものを売るという前提での取引だから、値下げは必要ないだろう。もし、値下げが必要な場合にはおまけをつけてしまえばいい。そうだな……練習で作った傷薬で十分だろう」

「値下げは必要ないですか？」

「うむ。こういった大量取引の時は、商品を渡す前に必ず品質検査を行うものだ。逆に値引きをする方が相手を不安にさせることもある。覚えておきたまえ」

アスタールさんとの打ち合わせが終わると、すぐにグレッグおじさんが到着した。

「商談の席にリエラちゃんがいるとは思わなかったよ」

一瞬ビックリした顔をした後、そう言って笑う。互いに席に着くといよいよ商談が始まる。

とはいっても最初は雑談からで、主にリエラの今の生活についてだ。

「それにしても、まだここに着いて半月も経っていないのに魔法薬まで作れるようになったなんて驚いたな。魔法薬というのはそんなに簡単に作れるようなものなのかい？」

「彼女の努力の賜物です」

アスタールさんは言葉少なに返す。

本当は、魔導具を使わないとまだ作れないんだけどなぁ。

そう思ったものの、魔導具のことは内緒なので口には出さない。

「彼女の成果を師である私が横取りするわけにもいかないので、今日は本人を連れてきたのです。リエラ、見積りを出したまえ」

「はい」

アスタールさんの指示に従って見積りをそれぞれの前に並べる。

グレッグおじさんは「失礼」と断りを入れてから見積りを手に取り、目を通す。

「これをリエラちゃんが作ったのかい？」

そう口にしたグレッグおじさんは悲しそうな表情になっていた。

え⁉　なんか変なこと書いたっけ⁉　内心で慌てていると、彼はため息を吐きながら呟く。

「こんなにしっかりした書類が書けると知っていたら、うちにスカウトしたのになぁ……」

そっちですか……！　ビックリしたなぁ、もう……！

ほっと胸を撫で下ろすリエラに笑いながら、グレッグおじさんはアスタールさんにお礼を言う。

「ありがとうございます。では、価格と量に関してはこの条件でお願いします」

「次回の取引までには、もう少し量も種類も増やせるようになっていると思います。こちらへお越しの際には外町支店にご連絡いただければ、交渉の場を用意しましょう」

「その際はよろしくお願いします」

リエラがあわあわしてるうちに二人で契約書に割印を押して、契約終了とばかりに握手までしてしまっている。

「リエラちゃん、次は三ヶ月後になると思うけど、その時もよろしく」

グレッグおじさんはアスタールさんとの握手を終えると、リエラの手を取って笑う。

「シスター達からの手紙も預かってくるから、元気に頑張っておくれよ」

「はい。三ヶ月後を楽しみにしています！」

そうしてその日、リエラをグラムナードに連れてきてくれた隊商はエルドランの町に戻っていった。

三ヶ月後、今よりもっと色んなことができるようになっていたいな。

そう、強く思う。

ところで、今回グレッグおじさんが持ち帰る『高速治療薬』は、リエラが作ったものだけじゃ足りないので、工房の在庫からも出している。その分は後日リエラがきちんと補充を行うことになった。

商談が終わり、グレッグおじさんを見送った後、アスタールさんとのんびり家に戻りながらたくさんお話をした。

考えてみたら、アスタールさんはずっと忙しくしていて、食事の時を除くとほとんど顔を合わせない。

彼と話すのは、何か用事がある時だけだったので、これは貴重な時間だと思う。

今話しているのは……

「今回のことに関しては私の落ち度だ。君の反応を見て初めて、グレッグ殿と商談の話をしていた時に君が眠っていたことを思い出した」

「思い出したのって……」

「昨夜、見積りの話をした時だ」

やっぱり……

ちょっと挙動不審な瞬間があったよね。

「心臓に悪いんで、これからは勘弁してください」

「うむ。気を付けるようにしよう」

……なんかまたやりそう。

でもまぁ、一旦それは置いといて。今なら色々聞けそうな雰囲気だし、前から気になっていることとか聞いちゃおうか。

「アスタールさんには色々とお聞きしたいことがあるんですけど、いいですか？」

そう言ってアスタールさんの方を見上げると、不思議そうにこちらを見下ろす目とかち合う。

「何かね？」

「今回の商談も大概ですけど……。アスタールさんのところは弟子の扱いがなんだか変な気がするんです」

「変……？」

「はい。弟子って、工房の中では一番の下っ端ですし……。こんないい服を着させてもらったり、一緒の席でお食事をしたり、個室をいただいたりというのは、なんだか奇妙に感じます」

リエラの言葉が終わったところで、アスタールさんが立ち止まる。

顎に軽く拳を当てながら、言葉を探しているようだった。

「君の育った町ではそうだったのだな」

やがて、ため息を吐いて彼はそう言った。

「グラムナードは見ての通り、閉鎖的な場所だ。通常は他の町から弟子を採るようなことはない」

アスタールさんは、岩山に囲まれた広大な土地を見渡す。

工房の向こうには大きな川が流れていて、緑も豊かでのどかな光景だ。右に目を向ければ、遠くにヤギの群れと、その面倒を見る人達の姿。

相変わらず表情は変わらないけれど、彼等に向けられた眼差しからはこの土地への愛情が感じられる。

「稀に……ごく稀に他の町から嫁いでくる娘がいるが、ここの住民は基本的に、この町しか知らない者ばかりだ」

嫁ぎに来たがっている娘さんなら大量にいるんだけどね。

中町に住んでいる人は外町に行く機会があまりないから出会えないのかな？

「人口も決して多くはない。だが外から人が入ってこないということは、必然的に技術を継がせる者もこの町の中から選ぶことになる」

エルドランでも、職人さんや商人さんは、身内に継がせる傾向があったなぁ……

「魔力が多い者が、子を生しづらいという話は聞いたことがあるかね？」

「そうなんですか？」

「眉唾ものだとも言われているが、実際に魔力の多い住人ばかりのこの町では出生率が低いのだ。そんな中、やっと生まれてきた子をないがしろにするような者のところへ弟子入りさせる親はいない。我々のような職人が、弟子入りしてきた者を自分の家族のように扱うのは当然のことだ」

「そういう……ものですか……」

リエラには、ちょっと想像がつかない。

何せ、お父さんもお母さんもいないし。生まれてすぐに路地裏の廃材の陰に押し込まれていたらしいから、多分愛情もなかったんだろう。

孤児院のシスター達や近所のおじさんおばさんはよくしてくれたけれど、アスタールさん達のようにか、と問われると全く違う。

擦り切れていない着心地のいい服に、ゆったりとした居心地のいい個室。くつろいだ雰囲気の中、和気あいあいと食べる美味しいご飯。

どれも、今までなかったものだ。

そして、その三つに共通しているものがずっと違和感としてある。

アスタールさん達と接していると、嬉しくて、でも何故か辛い。

シスター達のことは今でも尊敬しているし大事に思っている。でも、彼女等と工房の人を無意識に比較してしまうことが辛いんだ。

シスターは、あくまで『シスター』として孤児院の子を平等に愛してくれていたんだって、今の話を聞いて思ってしまったから。

グラムナードで暮らしているうちに『シスター』は他人で、『可哀相な子』達の中の一人としてリエラに接していたんだと、無意識下で気付いてしまっていたらしい。

だからここで暮らすうちに、『シスター』達に対する気持ちが変わっていくのが怖くって。それで無意識にアスタールさん達に対して、リエラの方から壁を作ろうとしていたのかもしれない。

ふと気付くと、いつの間にか草むらに座り込んだアスタールさんに抱っこされていた。アスタールさんは背中をポンポンと優しく叩きながら、しゃくり上げるリエラの頭を撫でてくれている。

それは今まで経験したことがない、なんだかとても安心できる時間だった。

リエラにはお父さんもお母さんもいないけど、でも、もしかしたらここで、もっと大事な人達を手に入れられるんじゃないかな。

ちょっとだけ、そんな風に思った。

今はアスタールさんと二人で草むらにごろんと横になって空を眺めながら、他に聞きそこなっていたアレコレを教えてもらっている。

今答えてくれているのは、家のあちこちにある魔導具のことについて。

やっぱり、あれだけの数の魔導具が一つの家にあるのは普通じゃないと思うんだよね。

「ふむ、それに関しては地域性ではないかと思う」

「地域性？」

「うむ。ここがなんと呼ばれているかは知っていると思うのだが……」

「『迷宮都市』でしたっけ……」

「古代魔法文明の遺物と呼ばれるものが、どこから出てくるかは？」

「……もしかして、迷宮ですか？」

「うむ。遺跡の迷宮には小部屋があり、そこに設置されていた魔導具を持ち帰ってくるのだ」

そっか、迷宮からか……。

グラムナードって、本当に迷宮から色んなものを手に入れて生活しているんだ……。

「そんなにあるものなんですか？」

「たくさん」

「欲しい人全員に行き渡るレベルで？」

「グラムナード内に行き渡るレベルで、だな」

「それはまた絶妙というか、微妙な量ですね……」

迷宮で手に入るなら、もっと他の町にも流通していていい気がしたんだけれど。

今まで、ここで見るような魔導具のことを噂(うわさ)でも聞いたことがなかったのは、他の町に出回るほどの量はないからなのか。

「グラムナードは古い国だ。それこそ、イニティ王国ができる前からここに在る」

話が急に変わったのでビックリして隣を見ると、アスタールさんはどこか遠くを見ていた。

「それだけ古い国だから、おそらく代々受け継がれてきた魔導具もあるのだと思う」

その上で、迷宮からも出てくるのなら、グラムナード内でだけ普及してるって話にも、ある程度は納得……なのかな？

いやいや、なんか開示されてない情報がある気がする。だとしたら、今は教えたくない理由があるのかも。

魔導具についてはこれ以上聞いても仕方なさそうだし、他のことを聞こう。

「そういえばグラムナードって、イニティ王国とは別の国なんですか？」

さっきから、ちょっと気になっていたんだよね。

だって、グラムナードってイニティ王国の町の一つだと、ガイドブックには書いてあるんだよ。

「……対外的には同じ国ということになっている、らしい」

アスタールさんの答えは、なんだか不明瞭なものだった。

彼の話をまとめると、迷宮から入手できる資源に目をつけたイニティ王国が、大軍を率いてグラムナードに侵攻してきたものの、リエラも通ったあの山道で足踏み状態になったらしい。

グラムナード側としても呼んでない客にはさっさと帰ってもらおうと、当時の最大戦力だった人を刺客として送り込み、イニティ王国側の敵将を討つことにした。

それなのにどういうわけか、刺客として出向いていったアスタールさんの叔母さんと敵将——当時のイニティ国王が婚姻することになった挙句に、グラムナードをイニティ王国領の一つとして扱うことを二人の間で勝手に決めてしまっていたらしい。

だから、グラムナードは表向きはイニティ王国の領地の一つだけれど、事実上は独立しているんだって……イマイチ理解できないよね。

ただグラムナードとしては、もし戦争になっても負けなかったと思っているから、現状に不満を抱いている人も多いらしい。アスタールさんの叔母さんって、それくらい強かったんだって。

戦争ともなると、一人が強くってもどうしようもないと思うんだけどなぁ……数の暴力っていうものもあるし。

「アスタールさんは、グラムナードが国であってほしかったんですか？」

「別にどうでもいいが」

「ふぅん？」

ちょっと意外。話の流れ的に、アスタールさんも不満なのかと思ったのに。

「一つ訂正させてもらうと、元は『グラムナード神民国（しんみんこく）』という国名だったらしい」

「なんだか猫神教っぽくない国名ですね。むしろ、『グラムナード神』的なのを崇めてそう……」

リエラの言葉に、アスタールさんが小さく笑う気配がした。

「投降することを決めたのが叔母だったから、国名の変更に誰も逆らえなかったらしい」

当時の最大戦力だった叔母さんって、そんなに怖い人なのか。

百年も前の人なら会うことはないだろう……って、そういえばグラムナードの人って

三百年くらいは生きるってルナちゃんが言ってたよね？　もしかして、ご存命⁉

「今の話からすると、アスタールさんの家は王家とも繋がりがあるんですか……」

王家とかって遠くから眺めるならまだしも、身近なところにいると面倒なイメージだ。聞かなきゃよかったかな、とリエラが思っていると、アスタールさんは鳩が豆鉄砲を食ったような顔になった。

あ、表情筋は相変わらず動かないけどね、耳を含めて動きをピタッと止めてリエラを凝視しているから、そんな風に見えたんだよ。

「――従兄が国王をやっているそうだから、そういうことになるのか……？」

「今まで気付いていなかったんですね？」

呆然とした様子で呟く彼にそのツッコミを入れた瞬間、アスタールさんのイメージに
『天然』が加わった。

でも、当のアスタールさんでさえ気付いてなかったくらいだ。リエラには関係なささそうだし、ちょっぴり安心。

それはそれとして、なんかショックを受けているし、話を変えよう。

「昔は、外町にもグラムナードの民が住んでいたんですか？」

少し話の方向性を変えようかと思って聞いてみたら、とんでもない答えが返ってくる。

「あそこはイニティ王国に降ってから叔母上が拓いた場所だから、グラムナードの民が暮らしたことはない。なんでも迷宮の周辺の岩山を削って湖を掘ったそうだ。土台を作った後はイニティ王国に仕事を全部投げたらしいが……」

「投げたらしいって……」

アスタールさんの叔母さん、すごすぎでしょう。

そもそも、普通は外町ほどの広さを削って湖まで作ろうなんて思いませんからね、アスタールさん！

なんか今のお話で、戦争になっても負けなかったと思っている人の気持ちが、ちょっとだけ分かった気がする……

アスタールさんが今日はお休みだと言うので、二人で草むらに寝転んだまま日向ぼっこ。

いつものじりじりと照りつけるような強い日差しでなく、優しい暖かな日差しが気持ちよくてうとうとしてきちゃう。

周りを吹く風までもがなんだか優しい。

「なんだか、日向ぼっこにちょうどいいですねー」

そう呟いて空を見上げる。いつもと変わらない青い空だ。雲ひとつなくて太陽がギラギラと輝いている。

んん？　ギラギラ……？

あんなに太陽が強く輝いているなら、暑くて寝転んでなんかいられないはず。そう思って『魔力視』を使うと、アスタールさんとリエラのいる辺りだけが魔力で覆われている。

「……アスタールさん、なんかやりましたか？」

「んむ……。昼寝をするには日差しがきつすぎる……から……」

うとうとしているのか、眠たげな声だ。

眠りかけを起こしちゃった感じで、ちょっと申し訳ない。

アスタールさんもお昼寝する気満々なら、リエラも寝ちゃって大丈夫だろうと目を閉じる。こんなにのんびりしたのって、ここに来てから初めてかも。

昨日、寝るのが遅かったのもあってか、あっという間に眠ってしまった。

お昼寝から起きたら、お腹がぐぅと鳴る。

顔を赤らめていると、隣からも何やら同じような音が聞こえた。

そちらに視線を向ければ、アスタールさんも自分のお腹を押さえている。

「昼食を食べに行くことにしよう」

どうやらお昼ご飯は外町に行くつもりらしく、砦の方に向かうアスタールさんについて歩き出す。

確かに砦のそばでまったりしていたから、外町に戻った方が食堂は近いよね。

「……そういえば、明日と明後日が休みだというのは話してあったかね？」

「今、初めて聞きました」

「すまない」

アスタールさんは言い忘れが多いな……。ますます、気になることはすぐに聞くようにしないと。

「そもそも、お休みがあるっていうのに驚きました」

「セリスやルナも言ってなかったかね？」

「今日も工房でお仕事だったなら、教えてくれたかもしれないですけど……」

弟子の立場なのに、自分からお休みのことを訊ねるのってなんだか気まずいよね。

「工房の休日は、白月と蒼月の日になっている」

この世界キトゥンガーデンの暦は、別名『創造神の瞳』と呼ばれている月になぞらえられる。

例えば、一年は春夏秋冬がそれぞれ三ヶ月ずつの十二ヶ月だけど、それぞれの季節と変化する月の形を組み合わせて、『春の三日月』『春の半月』『春の満月』という風に呼ぶ。

一週間が七日なのも、毎日、蒼(あお)・紫(むらさき)・紅(くれない)・緋(ひ)・黄(き)・翠(みどり)・白(しろ)の順番で月の色が変わるからなんだって。

それぞれの曜日を蒼月(そうげつ)の日、紫月(しげつ)の日、紅月(こうげつ)の日……という風に呼んで、それが四回めぐると次の月になる。

今日は、春の半月の最初の翠月(すいげつ)の日だから、明日は白月(はくげつ)の日だ。

……ということは、明日から二連休ってことでいいのかな？

「グレッグ殿の商談のこともあって、先週の休みを飛ばす形になってしまったから、その分好きな日にもう二日間休みをとりたまえ。そのようにセリスにも伝えておく」

アスタールさんの耳がまた垂れ下がっているんだけど、これは『まずったなー』って感じなのかな？

「むしろ、ここに来て最初に二日間のお休みをもらったようなものですし、代休は結構です」

アスラーダさんに中町と外町を案内してもらったのは、すっごく楽しかった。

あれって、お休みみたいなものだよね。

その時のことを思い出しつつ笑って答えると、アスタールさんも少し安心したみたいだった。

お昼ご飯を食べる間もアスタールさんと、更に色々お話をした。

今教わっている調薬がとっても楽しいこととか、ルナちゃんと仲よくなれてきて嬉しいってこととか。他愛もない話を、とめどなくあれこれと話す。

なんだか、学校の友達と話しているような気分になってきちゃったけど……。不快そうな素振りはないみたいなので、気にしないことにする。

そうそう、アストールちゃんの髪を結ばせてもらった時の話をしたら、アスタールさんの頬が初めて緩（ゆる）んだのでビックリ。

表情筋、一応あったよ！

あと、今日一日一緒にいたおかげか、表情の変化が分かるようになってきた。

アスラーダさんみたいに大きく変わらないけど、慣れたら分かりやすいかも。

「これは休みが終わってからの話なのだが……」

アスタールさんが切り出したのは、週明けのお仕事の話だった。

「紫月（しげつ）・緋月（ひげつ）・翠月（すいげつ）の三日間はセリスのところで調薬の修業。残りの紅月（こうげつ）と黄月（おうげつ）の二日間は兄上と二人で素材採集に行くように」

「『水と森の迷宮』にですか？」

「うむ。あまり危険がない迷宮だし、調薬の素材が豊富だから勉強になるはずだ」

「アスラーダさんが綺麗なところだって言っていたし、楽しみです」

食後のお茶を口に含むアスタールさんに倣って、リエラも食後のジュースを一口。

仄(ほの)かな甘みがありながらも、すっきりした風味でとっても飲みやすい。

「確かに風光明媚(ふうこうめいび)な場所だ。楽しみにしていると聞いたら兄上も喜ぶな」

そう言いつつ、微(かす)かな笑みを口の端に浮かべるアスタールさん。

それにしても、アスタールさんとアスラーダさんって双子の割に、あんまり似てないんだよね。多分、目の形が違うせいかな？

アスタールさんは吊り目で三白眼(さんぱくがん)気味だけど、アスラーダさんの方は吊っても垂れてもいなくて、黒目と白目のバランスもいい感じ。

どっちも切れ長な目をした美形だけど、黙っていたらアスタールさんの方がキツくて近づきがたそうで、アスラーダさんの方は優しそうな感じに見えるんだよ。

実際に話してみると、アスタールさんの方が物柔らかで、アスラーダさんの方がちょっと無愛想なのにね。

「話は変わるのだが、魔法の練習の方はどうかね？」

「少し、使えるようになりました！」

リエラが使えるようになった魔法を指折り数えながら話すと、アスタールさんが微かに目を細める。なんだか嬉しそうだから、リエラも自然と笑顔になるね。

「迷宮に行く前に『収納』を使えるようにしておくと、非常に便利だ。練習してみたまえ」

「そんなに便利なんですか？」

『収納』って確か、入れ物にかけると大きさの一・五倍のものが入るようになるってやつだよね？　便利そうに見えて、微妙な効果だなって思った記憶があるんだけど……

「うむ。『収納』は説明を読んだだけではその真価に迫ることのできない魔法なのだ。だが、こう聞いたらどうかね？　『収納』をかけた入れ物は、空の状態と変わらぬ大きさと重さを維持する」

「空の状態と……？」

「この特徴を有効に使うのならば背嚢ではなく、素材を小分けにするための小袋などにかけるとよい。そうすれば、非常に大量の物を運ぶことが可能だ」

「その場合って、背嚢にはかけないんですか？」

「『収納』をかけた背嚢に『収納』をかけた小袋を入れると、魔法が反発し合って効果が消える。だが、小袋にのみかけている場合はその反発が起きないのだ」

「ってことは、背嚢の中に入れられるだけの小袋を入れておけば……」

「うむ。背嚢の重さは小袋を入れた分の重さにしかならず、大量の荷物を運ぶことができる」

「そ、そんな裏技が……!?」

魔法の世界って奥が深い……！

それにしても今日は色々と濃い一日だった。

夕飯が終わってから渡されたチョーカーを弄びながら思い返す。

修業の場であるはずの工房内では何も教えてもらったことがないのに、今日教えてもらったことのなんと多いことか……

首に着けたチョーカーに嵌った、リエラの目と同じ色だという青い石。これをもらった時にアスタールさんから教わったことを反芻する。

このチョーカーは、中町と外町を一人で行き来する時のための身分証明書で、識別球というらしい。

最初に身につけた人の情報が刻み込まれるという、やたらと高性能な代物だ。だから、他の人が持っていても身分証明書として役に立たないんだって。

これを身につけてないと、同伴者なしに砦を出入りすることができないらしい。

ちなみに、この町に来る直前に野営した洞窟も識別球によって出入りを管理されていて、これを身につけた人が入口に立たないと入れないそうだ。

ただし隊商の識別球では、野営用の洞窟への出入りしかできないんだって。

言われてみれば、これまでリエラが砦を出入りする時には必ず同伴者がいた。でも、同伴の理由が他にもあったから気付きもしなかったよ。

これからは一人でも出入りできるけど、外町の探索者さんの中には怖い人も交じっていて危ないから一人で外町をうろつくことがないように！　ときつめに注意された。

……なんか、子供扱い？

その代わり、ヤギ車の扱いを覚えたら中町は好きに出歩いていいそうだ。外町がどれだけ危険なのか気になるけど、試す気にはならないので忠告は忘れないようにしよう。

それはそれとして、この識別球の素敵な機能は町の出入りなんかじゃない。

他の部分にあるんだよ！

なんと!!　最大魔力と魔力残量を数値化して見ることができるのです！

魔力の数値が見たいよーって念じると、前方の壁とかに数字が投影（?・）される。この数字は、一番簡単な魔法を使える回数が基準になっているそうだ。

仕組みはさっぱり分からないけど、魔法の練習や調薬の時に魔力の残量が見られるというのはとっても便利だと思うし、この機能が一番嬉しい。

研究を進めていったら、投影できる情報も増やしていけるかもしれないってお話だったから、もっと色々と情報が見られるようになるといいな。

調薬がどれくらい上手になっているかとか、数字で見られたらやりがいがあるよね。

今見られる情報は七項目。

所有者の名前、年齢、性別、所属、職業、魔力残量、最大魔力で、リエラの情報を全部投影するとこんな感じ。

リエラ　十二歳　女性
グラムナード錬金術工房所属　錬金術師見習い
魔力残量一五三／最大魔力一六五

それぞれの項目は任意で隠すこともできる。

この七項目はどれも隠す必要なんてなさそうだけど、そのうち隠した方がいい類の情報も見られるようになるのかもしれない。

さて、今日も寝る前に魔法の練習をしようかな。

どの魔法がどれくらい魔力を消費するのか確認したいから、識別球で魔力を表示しながら練習してみよう。アスタールさんから無詠唱で使える魔法の応用編も教えてもらったから、その実験もしちゃうつもりだ。

まずはいつも通り『照明』から。

魔力残量一五三／最大魔力一六五

魔力残量が少し減っているのは、さっき部屋の魔導具を使ったからかな？

今の状態を確認しながら『照明』を発動すると、魔力残量が一だけ減った。

魔力残量一五二／最大魔力一六五

次は、アスタールさんに教わった応用編。

目を開けていられないくらいまぶしい光が、一瞬だけ瞬(またた)くのをイメージしながら発動。

念のため閉じていた瞼を通しても、随分な明るさを感じてから目を開く。

魔力残量を確認すると減っている量は二だ。

魔力残量一五〇／最大魔力一六五

今のは暗いところで襲われた時、相手を驚かすのに便利だと言われたんだけど、使う機会なんてあるかな？　そもそも、暗いところを歩かないいんだけど……

次の応用編は『照明』で点けた灯りを長い間灯ったままにする方法。一つは二時間、もう一つは五時間持続させるつもりで二つの灯りを作る。

さっきのよりも少しイメージが難しい気がする……減った魔力は一と五。

魔力残量一四四／最大魔力一六五

あと、どれくらいで消えるかを確認してみないと、二時間の『照明』と五時間の『照明』が成功したかは分からない。これはしばらく放置することにして他の魔法の実験をしよう。

次はいつもの順番通り『洗浄』。まずはトイレの『洗浄』から。

トイレは狭いから、一回で個室全体が綺麗になるのでとっても便利♪　掃除道具要らずというのもポイントが高いんだけど、汚れとかゴミってどこに行くんだろう？

減った魔力は一。

魔力残量一四三／最大魔力一六五

この本に載っている魔法は、普通に使う分には消費魔力が一なのかな？

次はシャワールームに『洗浄』をかけることにして、そちらに移動する。トイレと比べると四倍くらいの広さがあるので、実験にはちょうどいい。

早速、シャワールーム全体を綺麗にするイメージをしながら『洗浄』をかけると、今まで場所ごとに分けてかけていたのが馬鹿らしく思えるくらい、一気に綺麗になった。

これは便利！　減った魔力は……四か。

魔力残量一三九／最大魔力一六五

次は……ちょっと広さのレベルが違うけど、ベッドも含めた部屋全体をイメージして魔法をかけてみることにしよう。

「ん……」

思わず声が漏れる。なんか、えらい勢いで魔力が減った感触があった。


その代わりと言っていいのか、部屋は随分と綺麗になっている……ような気がする？

毎日こまめに『洗浄』の魔法をかけているから、ちょっと変化が分かりづらいや。

魔力残量一〇九／最大魔力一六五

三十も魔力が減っているよ⁉

効果を及ぼす範囲が増えると、その分消費魔力も増えるって話だったから、それだけこの部屋が広かったということだろう。

なんだか魔導具で調薬した時のグッタリ感に近い気がする。魔力を大量消費した時は、こんな感覚になるのかも。

次は『給水』なんだけど、喉は渇いてない。もったいないけど、お水をシャワールームに捨てながら試すことにしよう。

まずはいつもと同じコップ一杯くらいの量を、コップなしで出せるかどうか。

「ありゃ？　失敗。もう一回……むむむ？　失敗」

今までコップなしで『給水』を試したことがなかったからか、なかなか上手くいかない。

なんでだろうと考えてみた結果、いつものイメージじゃダメなのかも？　と思い、イメージを変更して試してみることにする。

透明な見えないコップをイメージしていたけど、どう変えればいいかな……

水のイメージ、水のイメージと呟きながら、色々と思い浮かべていく。

鍋にいっぱい溜めた水？　お風呂に張られた水？　これだと、コップいっぱいの水をイメージするのと同じだし、ダメかな……

雨粒？　は悪くなさそうだけど、雨でコップを満たすのがピンとこない。

ジョウロも雨に似ているけど、こっちの方がまだイメージしやすいかな……？

あ、水差しは!?　これならコップ一杯の水を用意するのも、それ以上に量を増やす場合もイメージがしやすいよね。

そんなわけで色々と悩んだ末に、水差しから注ぐイメージでやってみることにした。

結果としては概ね成功！

概ねというのは、たくさんの水を出したい時に水差しだと時間がかかりすぎるせいだ。

コップ一杯～五杯分くらいまでは魔力消費が全て一で、六杯目～十杯目までは消費が二だったから、五杯分まとめて出すのを何度も繰り返した方が、魔力の消費が抑えられるんじゃないかと思ったんだけど……五杯分ともなると、一度に数分かかる。

少し困ったけど、水差しの水が出てくる部分のイメージを変えることで解決できたよ。

『給水』の実験で手間取っている間に、最初に灯した『照明』と、その倍の二時間もたせるつもりで灯した『照明』がほぼ同じタイミングで消えていた。

これはきっと、二時間の方のイメージが失敗したんだろうなぁ。

五時間の方はまだ点いているし、そちらがちゃんと五時間もつかの確認もしたいけど……

眠くなってきたし、今夜はここまでにしておこう。

おやすみなさい――……


翌朝、みんなで和気あいあいと朝食を食べる。

その朝食のメニューに、少し変化があった。

初めの数日は内容こそ豪勢だったけど、リエラが食べ慣れた味の料理が並んでいた。けど、ここ数日はグラムナードの郷土料理っぽいものが食卓に上り出している。

今朝の朝食は、ゴマがたっぷりで真ん中に穴が空いたパンに、キュウリのヨーグルトサラダと、煮込み野菜とチーズが入ったスクランブルエッグ。

ヨーグルトは、最初に食べさせてもらった時のイメージからデザートだとばっかり思っていた。それなのに、キュウリの薄切りがたくさん入ったサラダとして出てきた時はビックリしたなぁ……

でも、セリスさんの用意してくれたご飯に間違いがあるわけない！　と思い切って食べてみたよ。最初はキュウリの青臭さが気になったけど、慣れてきたら意外と美味しくてパクパクいけちゃった。

ヨーグルトにコクがあるからか濃厚な味で、結構お気に入り♪

リエラが幸せを噛みしめていると、隣のルナちゃんからお声がかかる。

「ねーねー、リエらん？」

「なーに？　ルナっち」

「今日って、リエらんはお休みだよね？」

「うん。今日と明日はリエラもお休みみたい」

こそこそと耳打ちしてくるので、それに合わせて小声で答える。

「じゃあさ、後で一緒に買い物でも行かない？」

お買い物!?　それは、先立つものが必要な遊びですね……!!

幸い昨日、旅費としてもらったお金は返さなくていいと言われたから資金はある。そのお金で身の回りの小物を買うようにって言われたし、お店を見てみるのもいいかも。

アスラーダさんに町を案内してもらった時は、町の中を眺めただけだったんだよね。

「行く行く！」

リエラがそう答えると、ルナちゃんは悪だくみをするかのようにニッと笑う。

「リエらんの部屋、さみしいもんね！　そのうち、ター兄の部屋みたいに機材が増えるかもしれないけど、その前に女の子の部屋にしなくっちゃ♪」

「女の子のお部屋？」

ルナちゃんの提案に、思わず目を瞬く。女の子のお部屋って、一体どんなお部屋？

だって、リエラが知っているお部屋は三段ベッドが三つ詰め込まれていて、私物は枕元の棚に、服はベッドの柵に引っかけておくのが普通だったんだよ？　男の子も女の子もみんな一緒だったから、『女の子のお部屋』とやらの想像がつかない……

ルナちゃんとリエラが二人して微妙な雰囲気になっていたら、レイさんが助け船を出してくれた。

「ルナがイメージする女の子の部屋を、出かける前に見せてあげたらどうかな？」

「レイ兄、ソレだ!!　……でも、盗み聞きはイヤン☆」

超名案！　とばかりに手を叩いてルナちゃんが飛び上がり、一拍置いて冗談っぽくレイさんに抗議する。

「こんな至近距離じゃ、その気がなくても聞こえちゃうよ」

本人が苦笑交じりに返した通り、二人はリエラを挟んで座っている。多少、声を潜めても普通に聞こえちゃうよね。

「リエらん、それじゃあお買い物の前に、私の部屋に寄っていこう♪」

「ルナと同じにする必要はないからね、リエラちゃん。お買い物を楽しんでおいで」

レイさんはそう言って片目をつぶってみせる。

……うん、なんかレイさんがモテるの、分からないでもないかも。

朝食を食べ終わると、引きずられるようにしてルナちゃんの私室に連れ込まれる。

前に聞いた通り、リエラの部屋よりも大きな部屋だ。

違うのは寝室がきちんと壁で仕切られているところ。

部屋の構造はリエラの部屋と似ているけど、内装のせいで受ける印象が全く違う。

窓にはふんわりした薄いピンクのカーテンに、何かの動物のヌイグルミ。壁のあちこちには一輪挿しや、可愛らしい絵が飾られている。

家具はピンクを主体としているのに、色の明暗を使い分けつつ要所に寒色を入れているので甘すぎない可愛らしさ……

……レイさん、これはマネしようがないです……

そして、リエラがこの部屋で暮らすのは無理。

可愛いんだけど、もっと質素な部屋の方が落ち着くと思う……

お店に入るや否や、ルナちゃんは黄色い声を上げる。

「やっぱりここの家具はイイわ～!!」

今、リエラ達が来ているのは『森の氏族』の木工細工工房街。大きめの岩山を一つ、木材の加工を生業とする複数の工房で利用している。

一番下の階は原料となる木の加工を行う工房で、階が上がるごとに加工するものが小さくなっていくのは、大きな木材を上の階に持ち運ぶのが大変だからかな？

リエラのお部屋を可愛くするために（？）、最初に訪れたのが、ルナちゃんおすすめの家具屋さん。彼女のお気に入りのお店の一つで、全体的にまるっこいデザインの家具がセンスよく飾られている。

ここでリエラが買うものは……うん、正直言って見当がつかない。

そもそも、お部屋にある家具でそれなりに満足しちゃってるんだもの。

でもせっかく来たからと店の中を流し見ていたら、カウンターに『お好きなお色に塗り替えます』という札がかかっていて、釘に引っかけてある色見本を見つけた。

なるほど、色を変えられるのか。確かに色一つで印象がガラッと変わるだろうから、こういうサービスがあるのは納得。

そして、店の中をぐるっと見て回って確信したことが一つ。

ルナちゃんとは、この辺の趣味は合わなそうだなぁ……

一緒に見て回りながら、アレが可愛い！　コレ素敵!!　としきりに喋(しゃべ)っていたルナちゃんも、二周もしたら流石(さすが)に満足したようだ。

「ここのはそのうちまた見に来るってことで、他のお店も回ってみようか？」

「うん。自分のお部屋に置くかは別として、可愛い家具屋さんだったね」

「ふむ……。ここの家具はリエらん好みじゃなかったか〜！　よし、じゃあ次行こ次！　きっと次のとこは気に入ると思うよ？」

好みではなかったことをやんわり伝えると、彼女はほんの一瞬だけ表情を曇らせたものの、すぐに片目をつぶってリエラの手を引き、次なる工房へ向かって歩き出す。

工房街は山の外周に沿って、五〜六人が並んで歩けるくらいの幅の回廊が作られている。回廊ごと厚い岩壁に覆(おお)われていて、パッと見は山の中にお店があるなんて分からない。

この岩壁は、外の日差しを遮（さえぎ）る役目も担（にな）っているみたいだ。

回廊の中は外と比べて涼しいし、通気口から入り込む外の光がキラキラと踊っているみたいで、とっても綺麗！

これは行き交う輝影族や光猫族の姿も含め、エルドランにいたら見られなかった光景だよね。

大変、目の保養になります。

階段があちこちにあるから、各階層に上り下りするのも便利だし、通路や階段の外側部分には植物が植えられていて、鮮やかな花が目を楽しませてくれる。

ベンチで一休みしている人達もちらほらいるし、公園的な役割も果たしているのかも。

次にルナちゃんに連れ込まれた家具屋さんは、さっきと違って落ち着いた雰囲気の調度品を扱っていた。

確かに、こっちの方が好みに近い。

「リエらんはセリ姉と趣味が似てるね。ここ、セリ姉のお気に入りのお店なんだ♪」

「セリスおね……セリスさんって、ここの家具使ってるの!?」

思わず鼻息荒くルナちゃんに迫ってしまう。

「う、うん」

あ、まずいまずい。

危うく、心の中でセリスさんを『お姉様』って呼んでいるのがばれちゃうとこだったよ。ルナちゃんが驚いて胸を押さえてるし。

「ごめんね……」

「ちょっとビックリしただけだよー。んじゃ、セリ姉のお気に入りのお店をざっと回ってみよ？」

リエラが謝ると、ルナちゃんは笑って手を振る。

ちょっと顔が引きつっている気がするのは、気のせいってことにしておきたい……

ルナちゃんの提案に従って軽く家具を眺めた後、やっぱり家具は必要ないかなって結論になる。でもせっかく連れてきてもらったから、近くの小物屋さんで初めての個人的なお買い物を楽しんだ。

木製のマグカップ二つとティーポットに、窓を飾るカーテンが二組。

最後に、お茶っ葉を二種類。

木製のマグカップとティーポットは、ルナちゃんがお部屋に来た時に使おう。

カーテンは落ち着いたピンクベージュの生地に、さり気なくレースとお花の刺繍（ししゅう）がされたもの。明るいピンクはちょっと無理だけど、この色は結構好き♪

お昼はルナちゃんに友達を紹介してもらいながら、一緒に食べた。ルナちゃん好みのお店だったからか盛りつけや器がすごく可愛くて、それだけでも随分会話が弾んだ。帰った後は早速カーテンをつけて、お風呂に入ってからみんなで夕食を取り、夜の日課をこなして、早めにベッドに入る。

思ったよりも色々買い込んでしまって、お金もその分減ってしまったけど……こんな休日もいいものだと、お布団の中でうつらうつらしながら思い返してニマニマしてしまった。

今までの休日って、小さい子の面倒を見たり、繕（つくろ）い物やご飯の用意を手伝ったりしているうちにいつの間にか終わっていたものね。

だから、休日らしい休日を初めて体験した気がする。

今日はなんだか楽しい夢が見られそうだ。

「昨日のお買い物は楽しかった？」

「はい！　とっても！」

朝食が終わって、食器を下げるのを手伝いながらセリスさんと話す。昨日のことを思い出して笑顔になると、彼女は微笑みながら頭を撫でてくれた。

うーわー!! お姉様に撫でられた!!

リエラが心の中で心酔(しんすい)している、セリスお姉様に!

嬉しくて更にニコニコしていたら、セリスさんに笑われちゃったよ。

「ところで、今日は何か用事が入っているかしら?」

「特にないですね」

「それじゃあ、今日は少し私に付き合ってもらっちゃおうかしら?」

「!!」

あまりの嬉しさに、一瞬言葉を失ってしまう。言葉に詰まってしまった代わりに、コクコクと勢いよく頷く。

「じゃあ、ささっと片付けちゃいましょう。リエラちゃんは食卓の方をお願いね」

セリスさんはそう言うと、食器についた食べカスをせっせと生ゴミ入れに捨てつつ『洗浄』をかける。リエラは食卓付近の食べカスを拾ってから、『洗浄』をかけて食堂全体を綺麗にする係。

アストールちゃんは年齢の割に食べこぼしが少ないから、掃除が楽だ。あのくらいの年齢だと、床がぐちゃぐちゃになる子も結構いるんだよね。

五分もかからず部屋を掃除し終わると、セリスさんも食器の片付けが終わったらしく台所から出てくる。

「お手伝いありがとう」

そう言って微笑むセリスさんは、まるで女神様だ。

本物の女神様は猫だけど、長耳族だったらきっとセリスさんみたいに違いない。

なんなら、『セリス教』をリエラが立ち上げてもいいかも。

「リエラちゃん、明後日から迷宮に行くことになったでしょう。迷宮に行くとなると、この間渡した服だと心もとないから、少し防御効果のある服を作ろうと思うの」

そう言って小首を傾げるセリスさん。

「リエラちゃんの好みに合わせて作ろうかと思うんだけど……」

「『水と森の迷宮』って、防御効果のある服がないとまずいんですか？」

確か、ほとんどが小動物の類で熊や狼が出ることもある……って程度だった気がする。

とはいえ、そもそもリエラだけなら熊や狼が出た時点でアウト！　なんだよね。戦ったことなんてないし、リエラが覚えた魔法は攻撃には使えない。

「そうね。リエラちゃんの体力を考えると、作るのは軽装防具になるから効果は大したことがないけれど、多少なりとも負傷を軽減できた方がいいでしょう？」

「でも、セリスさんも今日はお休みなのに、リエラのために働くなんて……」

今日はリエラだけじゃなく、みんながお休みの日だ。

ただでさえセリスさんは、ご飯や掃除をいつも通り完璧にこなしている。それなのにリエラのために何か作らせるなんて、いいのかな？

だって、全然休めないよね？

そんなリエラの問いに返ってきたのは、セリスさんの微笑みと、頭を撫でる優しい手だった。

「リエラちゃんが怪我をする方が悲しいわ。それに、服を作るのは私の趣味の一つなの」

そう言ってウィンクすると、セリスさんはリエラを伴って工房に向かった。


リエラは今、セリスさんが描いた図案を見て、どれがいいか悩んでいる。

うーん、どれも可愛らしい……

どうやら彼女は、獣モチーフが入った服がお好きみたい。リエラの猫耳付き外套（がいとう）も、きっとセリスさんが作ったんだなぁ。

でも、可愛らしいデザインなのにフリルがたくさんついているわけでも、レースが山盛りになっているわけでもないところが流石（さすが）です。

ご本人の趣味もあるかもしれないけど、リエラの好みも考えてくれている気がする。

こうなったら、せめてセリスさんのお気に入りを選ぶしか!!

リエラが三十枚近くあった図案から最終的に一つを選び出すと、セリスさんはうきうきした雰囲気でリエラの体に色とりどりの端切れを当て始める。

「リエラちゃんは暗めの赤毛だから、合う色はたくさんありそうね。何色で作りましょうか?」

「うーん……」

一通り試したところで、セリスさんがいけると思った色の中から、今度はリエラが選ぶ番。

唸りながらも思わず見てしまうのは、セリスさんの瞳です。

「この蒼……をメインにして、それ以外はセリスさんにお任せします」

セリスさんの瞳の色に近い色だし、他の選択肢は思い浮かばない!

リエラの言葉を聞くや否や、セリスさんは三色の生地を持ってきて、その上に服のパーツを描き始める。それはもう、あれよあれよという間にパーツが描き込まれていく。

パーツを描き終わると、今度は二人で一緒に裁断だ。

リエラが切った部分は少しギザギザなのに、セリスさんの切り口は滑らか。

「同じ道具を使っているのに……。不思議です」

「それはもう、年季が違うもの」

「確かに」

リエラが頷きながら呟くと、セリスさんが楽しそうに笑う。

セリスさんがとっても嬉しそうなので、リエラも頬が緩んじゃう。

ああ、この時間がもっと続けばいいのに……

セリスさんとお喋りをしながら作業をするのはすっごく楽しくて、時間があっという間に進んでいく。

なんてもったいない。

時間よ、止まれ！　……なんて、無理だけど。

最後のパーツを切り終わると、今度はセリスさんの縫製作業です。

「調薬の勉強が終わったら、これのやり方を教えるつもりなんだけど……。いい機会だから一度見ておいてね」

そう言いながら、生地を重ねて布の端を優しく指先で撫でていく。すると、二枚だった生地がまるで最初から一枚だったかのようにくっついていった。

リエラが慌てて『魔力視』を使うと、セリスさんの指からは緑色の魔力が出ていて、それが布の端の糸同士をくっつけているみたい。

面白くて食い入るように見ていたら、気付かないうちに変な声が出ていたみたい。

気が付けば、セリスさんが作業台に顔を伏せて肩を震わせていた。

恥ずかしさに熱を持ったほっぺをテチテチ叩いて冷やしているうちに、セリスさんが笑いの発作から復帰する。

「ごめんね、リエラちゃん……」

「そんなに笑わなくっても……」

まだちょっと笑っている姿に、思わず恨みがましい言葉が漏れてしまう。

こんなに笑われるなんて、リエラってば一体、どんな声を出していたんだろ？

「ちょっと、気分転換にお茶でも飲みましょうか」

セリスさんに軽く撫でてもらえただけでちょっと機嫌が直ってしまう辺り、リエラも随分と単純だよね。

「私は水と地の属性に適性があってね、その二つは調薬向きだから、この工房では調薬をメインにお仕事しているのよ」

お茶が終わると、セリスさんは作業をしながら話し始めた。

「地の属性はね、大抵は更に三種類の適性に分かれるみたいなの。植物に対する親和性が高い人と、生物に対する親和性が高い人、それから金属に対する親和性が高い人に分かれるんだけど、私は植物に親和性が高いの」

「お花とか育てるのが上手そうなイメージです」

セリスさんが植物に親和性が高いと聞いて、ぱっと思い浮かぶのは、花に囲まれて微笑む麗しいお姿。

うん、想像しただけでもステキすぎます、セリスさん。

「そうね。植物を育てる方向に使うこともできるけど、私の場合は服を作ることに使えると分かってから、そればっかり」

そう言って、形ができてきた軽装防具を見ながら目を細める。

「植物繊維を使って織られた生地は、私みたいに植物に親和性が高いと、コツさえ掴めばこういう風に魔法で加工することもできるの」

「リエラが今着てる服も、セリスさんのお手製ですか?」

セリスさんの手の中にある服には、縫い目一つない。改めて、リエラが今着ている服を見てみると、こちらも同じように縫い目一つなかった。

「ええ。ルナにと思って作ったんだけど、着てくれなかったのよね……」

「セリスさんが作ってくれた服なら、リエラは喜んで着ますよ！」

寂しげに呟(つぶや)くセリスさんに、ついついリエラはそう口走ってしまった。

後になって、ちょっとだけこの言葉を後悔することになるんだけど、それはまた別の話だ。

お昼を挟んで、夕方になる頃、セリスさんお手製の軽装防具が出来上がった。言われるまま、早速試着してみる。

作っている間、セリスさんはところどころで魔力の質を変えて補強をしていたんだけど、中でも一番力を入れて補強をしていたのは、尻尾の部分。

今回セリスさんが用意した図案は、何故か全部狐(きつね)風だったんだよね。

帽子と長袖のチュニックとぴったりとした長ズボンのセットで、帽子には狐耳、お尻には狐のふさふさ尻尾がついている。

どちらも色はリエラの髪の毛とお揃いだから、パッと見、狐耳族(こじぞく)に見えなくもないかも。

そういえば、ズボンを穿(は)くのは初めて。エルドランは保守的な町だったから、女の子は足首までのスカート一択だったんだよね。

今回作ってもらったのは活動的な服だから採集の時にもよさそうだ。試着をしてみて、その動きやすさにちょっと感動した。

元の服に着替えてクローゼットに仕舞い込むと、セリスさんと一緒にお夕飯の支度をする。今日のお礼ってことで、半ば無理やり手伝わせてもらったんだけどね。

それにしても、こんなに楽しい日々を送らせてもらっていいのかな？　今更ダメって言われても困るけど、まだ少し後ろめたい。

二日あった休日も、もうおしまい。明日から、またお仕事の日々です。

でも、その前にきちんとアスタールさんにお話ししなきゃね……

それを話すために夕飯が終わった後の時間を空けてもらったんだけど……アスタールさんを前にして、どう言い出したらいいものか途方に暮れてしまった。

流石に埒が明かないと思ったのか、アスタールさんは二杯目のお茶が入ったビーカーをテーブルに置きながら言う。

「……大事な話ということだったが……？」

「……はい。でも、どう話したらいいのか分からなくって……」

リエラは膝の上で組んだ指を握ったり開いたり。

アスタールさんは、リエラが言葉をまとめるのを静かに待ってくれている。

せっかく時間を取ってくれたのに、申し訳ない。

深呼吸をして気持ちを落ち着け、思い切って口を開く。すると、それまでのためらいが嘘のように消えて、スラスラと自分の考えを言葉にできた。

「グレッグおじさんとの商談の件についてなんです」

「グレッグ殿との？」

アスタールさんは不思議そうに片耳をピコンと半分倒す。

「今、アスタールさんが提示してくれている条件は、リエラに都合がよすぎるので修正してほしいんです」

「……続けたまえ」

アスタールさんは微かに片眉を上げて、リエラを見つめている。

提示された条件は、こんな感じだ。

その一、グレッグおじさんがグラムナードに滞在している間にリエラが工房で作ったものは、全てグレッグおじさんに販売する。

その二、売り上げはリエラの育った孤児院に全て寄付する。

その三、商品を作成するために必要な資材は全て工房持ちとする。

「うむ、君の認識に相違はない。何か問題があるのかね？」

「この条件はおかしいと思います」

「ふむ？　どの辺りがかね？」

どこにも問題はないとばかりに、逆に訊ねてくるアスタールさん。

問題大アリですよね……

でも、問い返すその態度から、彼は全て分かっていてこの条件にしたんだと納得した。

「その三について、条件の変更をお願いします。『その三、商品の作成期間は欠勤扱いとし、作成するために使った資材の分は給料から天引きとする』。これでいかがでしょうか？」

リエラはアスタールさんの目をじっと見ながら返答を待つ。

互いに黙ったまま視線をぶつけ合う。リエラは挑むように、アスタールさんは少し困惑したように。

そして随分と時間が経ったように感じた頃、やっとアスタールさんが問いを口にした。

「理由を聞いても？」

「リエラはここに技術を学び、自分一人でも生きていけるだけの力を身につけるために来ました。弟子いびりとかがあったって、石にかじりついてでも帰らないって決めたんです。……今のように、まるで家族の一員であるかのように扱ってもらえるなんて思ってもみませんでした」

それがどんなに嬉しかったかと思うと涙が出そうだ。

大事なことを話しているんだから、泣いている場合じゃない。今は、きちんと自分の考えをアスタールさんに説明しなくっちゃ。

零れた涙を拭おうとするリエラにハンカチを差し出して、アスタールさんはリエラが落ち着くのを待ってくれている。

「リエラのことを家族のように思ってくれているのなら、この条件だけは変更してほしいです。そうでないと、きちんと自分の足で立つことができなくなりそうな気がするから」

呼吸が落ち着いてきてから、途切れさせてしまった言葉の続きを言い終えると、その場でアスタールさんに頭を下げた。

アスタールさんがグレッグおじさんとの契約にあたって提示してくれた条件は、リエラに対して甘すぎる。さっきから反応を見てると、リエラを甘やかすためにこの条件にしたみたいだ。

もしかしたら、リエラの負担を減らそうと思ったのかもしれない。

でもこんな、工房に寄生するような条件を受け入れてしまうと、何か別のことでも同じように甘やかしてもらうことを期待する人間になってしまいそうだ。

「リエラ、顔を上げたまえ」

そう言われて顔を上げると、ぐしゃっと頭を撫でられた。

「それでは、君の希望する条件に変更しよう。商品の作成には休みを利用するといい」

リエラを見る目は穏やかで、ほっとして肩から力が抜けた。

「君を子供扱いしすぎたようだな」

アスタールさんの口の端が少し歪む。どうも、苦笑したみたいだ。

「アスタールさん達に優しくしてもらうのは、正直すごく嬉しいんですけど……。お金が絡むことだけは、きちんとしてもらえると嬉しいです」

精神的に甘えられる存在がいるというのは、とても嬉しくて幸せなことだと思う。でも、お金に関することまで甘えてしまうのは……きっと堕落への道だと思うんだよね。

アスタールさん達に『子供』として甘やかしてもらいたくはあるけど、金銭的には『大人』扱いしてほしいっていうのは我儘……かな？

リエラがちょっと困って笑うと、彼の片眉が少し上がった。

「肝に銘じておくことにしよう」

その翌日の朝。

予定を頭の中で確認しながら洗面所で顔を洗い、ほっぺを両手でペチンと叩く。

さて、心機一転！

今週からは工房での調薬と迷宮での採集を交互にやることになっているし、また気合い入れて頑張るぞ〜！

今日は調薬の日だから、いつも通り美味しいご飯を食べ終わったらセリスさんの工房に出勤だ。

確か、先週は一リットル作るところまでできたよね。今日は、復習も兼ねて一リットルから作ってみることにして道具や素材を揃えていく。

薬草をすり潰す作業は一度に終わらせようとすると大変だから、四回に分けよう。そうそう、すり潰し終わった薬草を入れておくための入れ物も、別で用意しなきゃ。

この入れ物もなんでもいいってわけじゃない。適当なものに入れると、苦労して含ませた魔力がどこかに散っていってしまうんだって。

なので、魔力を逃がしづらい特製の瓶を用意する必要がある。魔力を逃がしづらいとはいっても、翌日になるとやっぱり魔力は激減しちゃうから、その日のうちに使わなきゃいけないんだけどね。

工房にはそういった容器もあれこれサイズ違いで用意されているから、大きめなものを出しておく。

さて、準備完了！

あ、一リットルの調合にどれくらいの魔力を使うのかもチェックしよう。

識別球を使って、見やすい位置に現在の魔力と最大魔力を映し出しておく。

魔力残量一八〇／最大魔力一八二

とりあえず、一〇〇を切ったら少し休憩を挟むことにして作業を開始です。ひたすら薬草をすり潰して全部終わったところで、再び魔力のチェック。

魔力残量一四八／最大魔力一八二

魔力が三二も減っている……

今のリエラの魔力だと、九リットル分の薬草をすり潰すだけでバタンキューだ。確か三日前の夜には一六五が最大値だったから、結構増えた気がするけど……

煮出しまでやっちゃっても、大丈夫かな？

少し悩んだものの、休憩を挟んでから続きの作業に取りかかることにした。すり潰す作業って、魔力を使わなくっても結構疲れるからちょうどいいタイミングかも。

休憩の時に自由に飲んでいいことになっているお茶を飲みながら、ぼんやりと考える。

魔力というのは、ある程度……具体的には一日に最大魔力の半分くらいを使うと、少しずつ増えるものらしい。増える量には個人差があって、ほとんど増えない人もいれば倍々で増えていく人もいるそうだ。

流石に倍々で増えてく人はめったにいないらしいけど、魔力量の増加は十八歳くらいまで続くとアスタールさんが教えてくれた。

リエラの場合は、最大魔力の半分以上を使った日には五パーセントずつ増えている。これが多いのかどうかは別として、十日ちょっと頑張れば今の倍近くになりそうだ。

そんなに悪くもないかな？

調薬をがっつり楽しむには魔力を上げる必要がある。仕事で魔力をあまり使わないような日には積極的に魔法の練習をして、魔力を増やしていくようにしないと。

ふと魔力残量を見ると、一五七まで回復していた。

もう十分休憩できたみたいだし、まずは一リットル分完成させちゃおう。

出来上がった薬を小樽に詰めてから魔力残量を確認してみると、一〇九。ということは、煮出しの作業にかかるのは四八。

すり潰して煮出すまでで合計八〇だから、休憩を挟んでも今のリエラだと一リットルの調薬を二回しかできないってことになる。

これじゃあ、変に時間が空くことになっちゃうよね。

お昼ご飯を食べながら悩んだけど、二回目の調薬の後は店番をしているルナちゃんのお手伝いをすることになった。

お店を手伝いながら商品について勉強するっていう名目で。

無駄な時間を過ごさないで済むのは素晴らしい。そう思いながら、夕方の閉店までルナちゃんにお店のことを教えてもらって過ごした。

今日は大分疲れたので、魔法の練習はお休み。

明日は迷宮に初挑戦だし、朝は早く起きて『水と森の迷宮』の本に少し目を通すことにしよう。

ドキびくの迷宮実習

『グラムナード・水と森の迷宮』

〈そこは大きな湖に浮いたアジサイの花のような形をした島だ。

迷宮に入った者は一度消え、中央にある石碑のそばに出現する。

その石碑にも記されているが、四枚の花弁にあたる場所は春夏秋冬の各季節に分かれており、様々な季節を楽しむことができるのだ。

大まかな地形は四つの花弁全てに共通している。北には絶壁から滝が落ちている湖があり、そこから南に向かって川が三本に分かれて流れている。

花弁ごとの季節により、細かな動植物の分布が違っているのもこの迷宮の特色である。限られた季節にしか入手できない薬草や、動物の毛皮等が欲しい場合には、特に重宝するだろう。

迷宮内の動植物は食用もしくは薬用として有用なものばかりであり、危険な毒をもった生物もいないため、迷宮初心者にもおすすめである。

水のある場所以外は木で覆われているが、ところどころに青い空が覗く明るい森となっており、現地の人々には逢引場所としても親しまれている迷宮である〉

今のは、朝一番で読んだ『水と森の迷宮』について書かれた本の一節。

迷宮に入るために必要そうなものは、アスラーダさんがあらかじめ用意してくれていたから、リエラの準備は着替えるだけだった。

今リエラ達がいるのは、中央にあるという石碑の前。

石碑の真ん中には花が大きく彫られ、花弁ごとに季節を表す記号が描かれていた。裏に回ると花弁の一枚だけが大きく彫られ、その中の地形が細かく描き込まれている。

表の方はこの迷宮全体の概略図で、裏がより詳しい地図なのかな？

なんだか随分と親切設計だ。

アスラーダさんは何してるのかって？　リエラが石碑を眺めていたら、彼は湖の方に向かって棒を投げ始めたよ。

あ、もちろん、リエラに構ってもらえなくて一人でいじけているわけじゃない。

いつもはアストールちゃんに抱えられっぱなしの炎麗ちゃんも連れてきているから、その遊び相手をしているだけだ。

確かに、炎麗ちゃんには退屈な時間だもんね。

リエラが石碑を見終わってそばに行くと、アスラーダさんはすぐにその遊びをやめた。

「満足したか？」

「はい、ありがとうございました」

「炎麗、行くぞ」

アスラーダさんが手を差し伸べれば、炎麗ちゃんはサッと戻ってきてその腕にしがみつく。そこからヨジヨジと肩まで上り、尻尾を首に巻きつけると、彼の頬に頭をすりつけた。

今、遊んでもらっていたのもあって、ご機嫌みたい。

うわぁ……可愛いなぁ……

「……触ってみるか？」

リエラの視線に気付いたアスラーダさんがそう訊ねてくる。

肩の上に落ち着いたばかりなのに移動させるのは可哀相だと思ったのか、自分が少しかがむことでリエラが炎麗ちゃんを触れるようにしてくれた。

アスラーダさんの顔が近くなりすぎて、ちょっと赤面してしまう。

「顎の下を撫でてやったら喜ぶ」

アスラーダさんが急にかがんだことにビュイビュイと文句を言う炎麗ちゃんだったけ

ど、言われた通り顎の下の辺りをそっと撫でてみたら気持ちよさそうにクゥと喉を鳴らす。

「可愛いなぁ……」

炎麗ちゃんの幸せそうな表情に、思わず頬が緩んでしまう。

アスラーダさんも、なんだか満足げだ。

「いつまでもこうしているわけにもいかないし……今日は春島に行くか」

ひとしきり炎麗ちゃんを愛でたところで、採集の旅に出発です。

「今日の服もセリスが作ったのか？」

アスラーダさんが先を歩きながら不意に問いかけてきたのは、一昨日セリスさんが作ってくれたばかりの軽装防具のこと。

「一昨日、作ってくれたんです」

「……趣味全開だな……」

チュニックについた狐尻尾をチラッと見てため息を吐くアスラーダさんは、セリスさんの趣味をよく知っているみたい。

「でも、可愛いし、リエラは嬉しいですよ？」

耳と尻尾はなくてもいいかなと思わないでもないけど、嬉しいのは事実だからそう口にすると、彼は苦笑しながらリエラの頭を撫でた。

言わなかった部分まで、しっかり伝わっちゃったみたい……

「さて、赤薬草はここだな」

アスラーダさんについていくと、木立が急に開けて、赤っぽい葉っぱがたくさん生えている場所に出る。

白っぽい花もまばらに咲いているんだけど、ちょっと毒々しい印象の場所だ。

「赤薬草の採集の仕方は分かるか？」

リエラが首を横に振ると、彼は手近な赤薬草のそばに片膝をつく。その隣にしゃがみ込んで、リエラは彼の行動を観察させてもらう。

「赤薬草を採る時は、一番外側の大きくて色が濃い葉のみを採る」

「他の葉っぱはダメなんですか？」

「一番薬効が高いのが外側の部分だからな。できれば虫食いなんかもない方がいい」

パチン。

外の葉っぱの根元近くを切り取ってリエラに渡してくれる。こうしてじっくり見てみると、色は違うけれどチューリップの葉っぱみたい。

茎の方を見てみたら、地面に近くて少しすぼまりかけたところから切り取られていた。

なるほど、こんな感じで採ればいいのか。

リエラも手袋をはめて、初採集。

パチン、プチ。

むぅ？

慎重にやってみたつもりだけど、端の方が少し千切れてしまった。上手く切れなくて、引っ張ったせいだ。

しょんぼりしながらアスラーダさんに見せると、寛容（かんよう）な笑みが返ってくる。

「ま、最初のうちはこんなもんだ。持ってきた小袋にすぐ入れた方がいい」

よし、次はもっと綺麗に採ってやる！　と気合いを入れて採集を続けた。

だってね、炎麗ちゃんがちょっぴり馬鹿にしたように鼻を鳴らして肩を竦（すく）めるんだもの。

なんか腹が立つ～！

結構長いこと採集していたのか、ふと気付くと、ちょっと腰が痛くなっていた。立ち上がって体を伸ばすリエラから、アスラーダさんが薬草を詰め込んだ袋を回収する。

「随分と頑張ったな。お疲れ」

「いつの間にこんなに……」

ビックリしたのは、回収された薬草が詰まった袋が三つもあったこと。

思わず呆然と呟くと、それを聞いたアスラーダさんが噴き出した。

「熱中しすぎだ」

「えー……」

「春島だからいいものの、夏島でやったら熱中症でぶっ倒れる。熱中するのはいいが、次からはきちんとその辺も考えろ」

ぷーと膨れると、おでこをつつかれ注意を受けた。

「……はい」

熱中症って……そんな可能性は、全然考えてもいなかったよ。

それは、確かに気を付けないと。

「そろそろ昼飯にしよう」

アスラーダさんはそう言うと、さっさと背中を向けて歩き出す。

「あれ、薬草の袋は!?」

薬草の詰まった袋が見当たらないことに気付いて、リエラは思わず素っ頓狂な声を上げてしまう。

慌てて追いかけながら訊ねると、彼は腰の後ろに回したポーチをポンポンと叩く。

「『収納』。早めに覚えると便利だぞ」

「!!」

あんなにたっぷりと薬草が詰まった袋が三つも入ってしまうなんて……！　大ぶりだとはいえ、ただのポーチだよ？

『収納』は、本当に早めに覚えた方がよさそうだ。

絶対、夜に練習しよう。

アスラーダさんは、どうも湖畔でお昼を食べるつもりらしい。茸やら果物やらをあれこれ採集しながら、ずんずん歩いていく。

勝手知ったるなんとやら、ってやつなんだろう。

「その茸とかは、どうするんですか？」

「持って帰れば、セリスが適当に調理してくれるだろう」

「おおぉ……。今夜のご飯に出ますかね？」

「多分、二～三日中には出るだろうな」

「楽しみです」

だって、セリスさんの作るご飯って、すごく美味しいんだもん。

楽しみすぎる！

「……誰かいるな……」

ちょっと不満げにアスラーダさんが呟く。どうもお昼を食べる予定の場所に人がいたらしい。

人がいても気にすることないのになーと思いながら、リエラも前方を覗き込む。

「わぁ……」

水の流れる音がするとは思っていたけど、いつの間にか滝が見える場所に着いていた。

「この時間だと、滝の方にいくつも虹が見えるんだ」

アスラーダさんが指す方向を見ると、綺麗な小さな虹がいくつも見える。

確かにこれは綺麗……

リエラが虹に見入っている間に、いつの間にやらお昼ご飯の準備が整っていた。

手伝えなかったことを謝ると、アスラーダさんは無言で首を横に振る。彼のお気に入りの景色にリエラが見惚れていることに、アスラーダさんはドヤ顔だ。

ぷぷぷ、なんだか自分の宝物を自慢する子供みたい！

この場所を選んでくれたことにお礼を言うと、その笑みが深くなったのもちょっとおかしい。

敷いた布の上に二人並んで座り、滝の方を見ながら、袋パンのサンドイッチをパクつく。

「美味（おい）しー」

「この景色もまた、ごちそうだろ？」

炎麗ちゃんはさっさと自分の分を食べてしまうと、湖に飛び込んで羽をばたつかせながら水遊びを始めた。

時折、びしょぬれのまま戻ってきてはアスラーダさんに水しぶきをかけて、怒られては逃げ出すという遊びをしている。

アスラーダさんは本気で怒ってるけど、炎麗ちゃんはそれがすごく楽しいみたいだ。

ご飯も食べ終わり、採集を再開するために移動しようとしたところで、不意に、懐かしい声が聞こえてきた。

「やっぱりリエラだ！　お前も探索者になったのか!?」

振り向いた先で勢いよく手を振っているのは、同じ孤児院で育った仲間の一人。

去年、探索者になると言って旅立っていった、猫耳族のスルトの姿がそこにあった。

「誰だ？」

「同じ孤児院の子です……！」

一瞬、警戒した様子を見せたアスラーダさんだったけど、リエラの答えを聞くと話したいこともあるだろうと言って、炎麗ちゃんを連れて水辺に行ってしまう。

そのついでに、肉食獣の気配を警戒していてくれるらしい。

この迷宮の第一層に魔物はいないものの、肉食獣はいるんだよ。まだ遭遇してはいないけど。

何はともあれ、彼が気を回してくれたおかげで、昔馴染みのスルトと久しぶりの再会を喜び合う時間ができた。

スルトは、黒髪に緑の瞳をした猫耳族の男の子だ。

身軽さが売りで、それを活かして探索者になるんだと言って孤児院を出ていった。

一年前に出ていったきり便りの一つもないから、悲しいことになっているんじゃないかとシスター達は心配していたんだけど、まさかこんなところで出会うとは……

世間って、思いのほか狭いのかな。

「しかし、リエラがこんなところで錬金術師の修業ねぇ……」

ニヤニヤしながら言うスルトの、緑色の猫目はなんだか嬉しそうだ。

真っ黒で鞭のようにしなやかな尻尾が、ご機嫌な時にいつもそうなっていたようにウニウニしている。

「スルトの方こそ。探索者になるって出ていったきり連絡がないから、どっかで死んじゃったかと思ってたよ」

リエラがそう言うと、スルトの耳と尻尾がピンと立つ。

「ちゃんと稼げるようになるまで、カッコ悪くて連絡なんか取れるかよ！」

「そんな見栄張って……。だからってシスター達を泣かすのはどうかと思うよ」

それを聞いて、スルトの耳と尻尾が力なく垂れ下がった。

でも実際、シスター達がしょんぼりとしていたしね。

「今度、元気な顔を見せてあげなよ？」

スルトが頷くのを確認してから、近況や滞在先を教え合う。

「それにしてもここって結構奥の方だし、途中で狼とかも出るし初めてだとなかなか辿り着けないのに。リエラはよく来れたなぁ」

「リエラは、アスラーダさんに連れてきてもらっただけだもん」

不思議顔で真面目に聞くものだから、そう答えてアスラーダさんの方に視線を向けると、スルトが耳元で囁く。

「あの人ってかなり腕の立つ探索者だろ？　護衛代とか大丈夫なのか？」

……隊商にいた時も強いって聞いていたんだけど、やっぱりそうなのか。

「工房の人だし、お師匠様から頼まれてリエラの修業に付き合ってくれてるんだけど……お代、いるのかな？」

リエラがそう答えると、スルトは目を剥いて空を仰ぐ。

「工房の人って……。マジかよ」

いつも感情に合わせてピコピコ動く尻尾も、しょげた気持ちを示すように垂れ下がった。自分は苦労してやっとここまで来られるようになったのに……と落ち込んでいる。

スルトはこの一年で、中級探索者と呼ばれるくらいに腕を上げたらしい。

きっと、たくさん頑張ったんだと思う。

リエラも負けずに頑張らないとね！

「他人は他人、だよ」

「そだな」

スルトは即座に気持ちを切り替えると、リエラの背中を軽く叩く。

「いつまでもこんなところで油を売ってるわけにもいかないだろ？　また今度、お前の休みの日にでも会おうぜ！」

「うーん……。じゃあ、今度の白月の日は？」

「おっけー！　四日後だな。昼に錬金術工房に行けばいいか？」

「そだね。そうしよう。スルトも頑張ってね」

錬金術工房っていうのは外町出張所のことだろう。スルトは片目をつぶると、アスラーダさんに声をかけて、すぐどこかに行ってしまった。

　相変わらず、すばしっこい。

　アスラーダさんは去っていくスルトの姿を見送ると、こちらへ戻ってくる。

「もういいのか？」

「はい。今度の白月（はくげつ）の日にゆっくり話すことにしました」

　リエラがそう答えたら、アスラーダさんの眉間に少しシワが寄る。

　あれ？　なんか変なこと言ったかな？

「……まぁいい。帰りもまた食材を採りながら行くが、大丈夫か？」

「はい。帰りもお願いします」

　それからしばらくの間、アスラーダさんは不機嫌だったんだけど、やっぱりリエラがスルトとのお喋（しゃべ）りに夢中になっちゃっていたからだよね。

　許可が出たからといってお仕事中の長話はまずかったな……反省しよう。

　帰り道はアスラーダさんの言った通り、食材を集めながら歩く。チョコチョコと細い獣道に入り込んでは木イチゴや、名前を知らない橙（だいだい）色の柑橘（かんきつ）類を採る。

　後は土を掘り返してカブやゴボウ、長芋なんてのも採った。

　採れるモノは手あたり次第って感じだけど、セリスさんが困っちゃわないかな？

「それにしても、随分と色々な食べ物があるんですね」

「まだまだこんなもんじゃないがな」

ノビルという、小さな玉ネギっぽい見た目の野菜を掘り出しながら話す。

リエラと並んで掘っているアスラーダさんは、なんだか楽しげだ。

機嫌が直ったみたいで何よりです。

「あっちに行くと豆類があるから、それも採っていこう」

掘り出したノビルを袋に入れると腰につけたポーチに仕舞い込んで、また別の場所に移動する。

「これは、採れる場所を覚えてないと無理ですね」

あんまりにも種類がたくさんあるから、どこに何があったのか混乱してきてぼやくリエラに、彼は自分のおでこを指でつついてみせながら笑う。

「俺は何度も来ているから、大体のものがどこにあるかは覚えているさ」

なんだかちょっと子供っぽい笑顔にドキッとしちゃうね。

大人の男の人相手に、ちょっと失礼かな……今の感想は内緒にしとこう。

「それにしても、まるで畑みたい……」

今度はグリーンピースの莢(さや)を採りながら首を傾げる。

そうなんだよね。

木に生った果物や豆は別として、根菜の類はまるで作った畑を、わざと隠したみたいだ。なんだか変な感じに思えるけど、自然って意外とそういうものなのかな？

リエラは前に住んでたエルドランの町から外に出たことがなかったから、森の中はみんなこういう感じだと言われたら信じるしかないんだけど。

「まぁ、便利でいいだろ」

「便利？　といえばそうかも……？」

うーん、でも、なんかすっきりしないんだよぉ。

なんとも言えない違和感に首を傾げつつも、袋をいっぱいにすると、ちょうどポーチの中も満杯になった。

「今回はここまでだな」

「いつの間にかこんな時間に……」

どうやらこれで食材採集は終了らしい。ふり仰いだ空が、オレンジ色に染まり出している。

思わず呟いたのは、なんだかあっという間に時間が過ぎてしまった気がしたから。

スルトに会って話し込んじゃったせいもあるかもしれないけど、時間が経つのがやたらと早かったような気がする。

もう夕方になったんだと気付いた途端に、足が随分と痛くなっているのも感じた。

自分で思っていた以上にたくさん歩いたんだなぁ。

「予定より遅くなったな」

リエラと同じように空を見上げて、少し焦ったようにアスラーダさんが呟く。

「早く帰らないとセリスにどやされそうだ。急ごう」

そう言うと、来た時に通ったのとは別の獣道に向かって歩き出した。

炎麗ちゃんはその肩に乗っかった状態で、涎を垂らして寝ている。よく落ちないもんだと感心しつつ、リエラはもう一度、この奇妙な畑のような空間を見渡した。

やっぱりどう考えても、この森は人の手が入っているよね？

心の中で、そう呟きながら、アスラーダさんの後を追いかけた。


スルトに再会してからの三日間も、あっという間に過ぎていった。

迷宮に行った翌日は、十リットルの『高速治療薬』の調薬にも無事成功。

その後は毎日最少量の百ミリリットルから最大量の十リットルまでの調薬を、魔導具を使って魔力がどういう動き方をするのか確認しながら行っている。

その上で、改めて魔導具なしでの挑戦も始めた。

これがなかなか難しくて、未だ成功しない。

すり潰す段階で魔力を含ませることさえ成功しないんだから、まだまだ先は長そうだ。

それでも魔力は順調に増えてきているし、調薬に挑戦できる回数も増えてきたから、そう遠くないうちに成功するんじゃないかなーと……思いたいところです。

ちなみに、三日前には一九一だった魔力が、今朝は二三三になっていた。

毎日、魔力を伸ばす努力をしてきた甲斐があるよね。成果が目に見えるというのは、やっぱりやる気が出ると思う。

そうそう。最近になって、迷宮で採ってきた薬草の下処理も教えてもらった。

傷んだ薬草の見分け方や、乾かし方。乾かした後の保存の仕方等々、細かいけれど大事なことだ。

緊急用として魔法で乾燥させる方法も教えてもらえた。ただ、その魔法をすんなり覚えてしまったせいで、リエラはやっぱり魔術学院で勉強した方がよかったんじゃないかと、セリスさんを悩ませる結果になった。

でも、リエラはここに来られてよかったと思っている。だって魔術学院には、セリスさんもルナちゃんもいないもの。

それはそれとして、今日はスルトと会う約束をした日だ。

ただ、待ち合わせの時間はお昼だからまだ余裕があるし……

できれば早いうちに手に入れたいものがあるんだよね。そこでルナちゃんにお願いして、午前中のうちにちょっとお買い物に連れていってもらうことにしよう。


「それにしても、リエらんも物好きねー」

リエラの買いたいものを聞いて、ルナちゃんは呆れ気味だ。

「でもさ、やっぱりちゃんとできないとなんかこう、うずうずーというか、うごうごーというか……スッキリしないじゃない？　時間がある時にはできるだけ挑戦してみたいんだよ～！」

自分の不完全燃焼な思いをなんとか説明しようとしたものの、上手く伝えられずに困っていると、ルナちゃんは鷹揚に頷く。

「うんうん、リエらんが努力家なのは認める。でも、あたしともちゃんと遊んでくれないと……泣いちゃうからね？」

「それはまた別の話だもん。気晴らしは必要だから大丈夫だよ」

ルナちゃんの目はうるうると潤んでいたのに、リエラの言葉を聞くとすぐに涙が引っ込んだ。

すごい！　ルナちゃんが、すごく女の子らしい特技を持っていた！　リエラは、そんな風に自由に涙を出したり引っ込めたりなんてできないよ⁉

ところで、リエラが買いたいものというのはズバリ、調薬用の道具一式。

素材に魔力を含ませるためのコツを掴むのには、やっぱりできるだけ毎日やった方がいいと思う。なので、五百ミリリットルくらいまで作れるサイズのセットを買うことにしたんだよ。

そのサイズなら一～二万ミルで買えるみたいだから、手持ちでもなんとかなる。

そもそも部屋に作業台があるのは、そういった勉強ができるようにだよね。

なら、是非とも使わねば！

「今回買うのはガラス器具がメインになるから、この工房がいいと思うよ」

そう言ってルナちゃんが連れてきてくれたのは、『炎(ほのお)の氏族(しぞく)』のガラス工房。

彼等の住居街は、グラムナード錬金術工房から西に真っ直ぐ進んだ場所にある。途中で二回ほど川を渡るけど、『獣の氏族』の住居街と同じくらいの距離感かな？

その中でもガラス製品を扱っているというこの工房。窓の外にはオレンジ色の花を咲かせたつる草が這っていて、店内に入ってもその花の匂いが微(かす)かに漂っている。

棚に並べられた様々なガラス製品も綺麗で、なんだか雰囲気がとってもお洒落な感じ。

そういえば、透明なガラスって作るのが難しいと聞いたことがある気がするんだけど。

値段を見ると、思っていたほど高いものでもないのかな？

「いらっしゃい」

迎えてくれたのは、明るい笑顔をした『お母さん』と言いたくなる雰囲気の女性。

「こんにちは」

「おや、あんたらは錬金術工房の子だろ？　今日はどんなご用だい？」

輝影族らしいほっそりとした美人さんなのに、喋り方が下町のおばちゃんみたいだ。

ニカっと笑う、その表情に親しみを感じちゃうよ。

「調薬に使うための機材が欲しいの」

ルナちゃんがそう答えると、女性は少し考える素振りを見せてから、店の奥に入っていった。

すぐに木箱を抱えて戻ってきて、カウンターの上に大中小のビーカーと試験管、その他諸々の機材を並べていく。

そうして木箱の中身を全て並べ終わると、大きめのカゴをルナちゃんに渡した。

「欲しいやつを、このカゴに入れとくれ」

リエラはルナちゃんと二人で、調薬に必要だと思われるものをそこに入れていく。あると便利なものをルナちゃんが教えてくれるのがなんともありがたい。

丁寧に梱包してくれた女性にお礼を言ってお店を出る。次はすり鉢を注文するために陶磁器工房へ、更に簡易コンロを求めて鍛冶屋へ向かう。

調薬に使えるすり鉢は受注生産になるということだから、次の休みに取りに来る約束をして、先に代金の半分を渡した。

この手付金というのを払っておくやり方は初めて知ったよ。

依頼主が何かの事情で品物を受け取らなかった場合でも、工房が損することがないようにと考え出された方法らしい。

安価な品物の時は必要ないけど、ある程度高価な品物を売る場合は安全な方法だよね。

ちなみに期限内に受け取られなかった品物は、そのまま他の人に売ってしまってもいいそうだ。その場合、手付金も戻ってこない。キチンと忘れずに取りに来ないと……！

それよりも、リエラが割れ物を持っているからと言って、ルナちゃんが簡易コンロを持ってくれたのはありがたいやら申し訳ないやら。

ほんと、ルナちゃんには頭が上がらない。

工房に着いてルナちゃんにお礼を言った後、部屋に荷物を置きに行く。ふと時計草を確認したら、もう待ち合わせの時間だ！

買ってきたものを作業台の上に放置して、大慌てで部屋を飛び出す。

階段を駆け下りた先にアスラーダさんがいたものだから、ぶつかってしまった。

「そんなに急いでどうした？」

「あ、ごめんなさい！　スルトとの待ち合わせの時間が……！」

「ああ、出張所の前で待ち合わせだったか。歩きだと少し遠いから送ってやろうか？」

渡りに船とはこのことか……！

ありがたく甘えることにしてヤギ車に乗せてもらう。アスラーダさんは北の方に用事があると言うので、途中の分かれ道でお別れだ。

ただ、何故かリエラの肩から離れたがらない炎麗ちゃんのお世話を、アスラーダさんから頼まれてしまった。まぁ、遅刻するのと比べたら大したことじゃないか。

リエラが小走りで外町出張所に着くと、ちょうどスルトも反対の方から歩いてきた。

「あー……間に合ったぁ……」

ほっとして、肩から力が抜ける。

そんなリエラに向かって、炎麗ちゃんがクゥと優しい声で鳴いて励ましてくれた。

アスラーダさんに送ってもらえてよかったよ。分かれ道のところから少し走っただけで、息が上がっちゃってるし。

「リエラ、すごい汗だな～！」

へたり込んだリエラのところへやってきたスルトに、早速、そのことをからかわれる。

「買い物に行ってたらギリギリの時間になっちゃったから、間に合わないかと思ったんだよぉ……」

「ふぅん？　まぁ、落ち着いたら飯でも食おうぜ？」

そう言いながら、そばにしゃがみ込んで息が整うのを待ってくれるんだけどね。

「ところでさ、その肩のって、何？」

指を差されたのは、リエラの肩でコテンと首を傾げる炎麗ちゃん。

「炎麗ちゃんだよ」

「あー……、名前じゃなくてさ」

「アスラーダさんから、お世話を頼まれちゃって……スルトって小動物（こういうの）苦手だっけ？」

連れてくることになった経緯を話すと、何故だかスルトが頭を抱え込んでしまう。

一体どんな問題が？

わけが分からなかったんだけど、ため息を一つ吐いて気持ちを落ち着けたみたい。

「まぁ、なんだ……。飯食いながら話そっか」

そう言うと、よいせ！　とかけ声を出しつつ立ち上がり、リエラに向かって手を差し出す。

「店は俺が決めていい？」

「まだ外町のお店ってよく分からないし、構わないよー」

リエラはそう答えながらも、スルトが手を貸してくれたことにちょっと戸惑う。

孤児院にいた時のスルトって、何かと意地悪してくる子だったんだもん。なんかこう、紳士的な振る舞い？　みたいなのができるようになっていたなんてビックリだ。

「リエラは、こっちに来てどれくらいだっけか？」

スルトの問いかけに、指折り数えてみる。

「十……八日？　かな。先月末の紅月（こうげつ）の夕方に着いたから」

「その間ほとんど工房にいたんだろ？　町の中はまだろくに見てないだろうし、後で案内してやるよ」

「おおー。スルト優しいじゃん！　一体どうしちゃったの？」

「同郷の人間にこれくらいしたって、別に悪かーないだろ？」

「うんうん、助かるよ」

「全く、リエラは変わってないよなぁ……」

唇を尖らせながらも、口調がなんだか嬉しそう。これは、指摘しない方がいいかな。

「スルトも随分と頑張ったんだね――……」

お昼を食べながら、スルトがどんな生活をしてきたかを聞いた。

リエラ達の孤児院では、学校を卒業した後も半年間は寝泊まりをさせてもらうことができる。でも、スルトは卒業して一ヶ月しか経たないうちに、探索者として巣立っていった。

ただ、本当に最低限の装備しか買えなかったみたいで、最初のうちは木賃宿にも泊まれないほど生活が苦しかったんだって。

本人曰く、探索者にはそういう人が結構いるんだって話だけど、同じような生活をしている人が多かろうが少なかろうが、大変なことに変わりはないよね？

そんな生活をしながら、やっとの思いでグラムナードに辿り着いたのが半年前。『水と森の迷宮』に入り続けてようやく最近、初心者扱いされなくなったところらしい。

先月からは『高原の迷宮』に入り始めたものの、たまには気分転換に慣れた迷宮にも入ってみようと思ったら、そこで偶然リエラ達を見つけたそうだ。

だから、一昨日入った時には会わなかったのかな。

「しっかし、あそこでリエラに会った時にはマジびびったよ。随分と怖いおにーちゃん連れてるしさ」

「ん？　怖いおにーちゃんって、アスラーダさんのこと？」

一緒にいたのはアスラーダさんだけだよね？

リエラの疑問を聞いて、スルトはちょっと意地悪な笑みを浮かべる。

「そーそー、アスラーダお父さん！」

「？」

一瞬、意味が分からなかったけど、すぐにピンときた。

「アスラーダさんは、確かに炎麗ちゃんのお父さんみたいなものだよね」

納得して頷くリエラを、スルトは何故か可哀相な子を見るような目で見る。

「まぁ……。心配性のお父さんによろしく伝えてくれよな？」

そう言ってリエラの頭をぐりぐり撫でるスルトの方が、アスラーダさんよりもよっぽどおっさん臭いよね。

いや……苦労は人を実際の年齢以上に大人にさせるってこと？　かも。

その夜の夕飯時、ルナちゃんに聞かれてスルトのことを話した。

「へー、そのスルト君って孤児院にいた頃はいじめっ子だったんだ？」

「いじめっ子っていうか喧嘩友達？　三つ編み引っ張られたりとかしてたねー」

「あー、うんうん。そういう系ね」

ルナちゃんは相槌を打ちながらも、パンを千切ってもぐもぐ。

「外町には、しばらくいるんだって？」

今度はリエラに訊ねながらスープを一口。

「『砂塵の迷宮』に挑めるくらいになるまでは、ここで頑張るって言ってたよー」

リエラもサラダをもぐもぐ。

ところで、さっきからご飯をねだるアストールちゃんの声以外が聞こえないのはなんでだろう？　不思議に思いつつ、テーブルを囲む人達をチラリと見る。

一見、いつも通りだけど、ルナちゃんとリエラ以外は揃って口を閉ざしていた。

普段は、もう少し雑談とかしているよね？

「あ、そういえば……」

ふと、スルトが言っていたことを思い出す。

「スルトが、アスラーダお父さんによろしくって言ってました」

リエラがそれを言った瞬間、みんなの動きが止まった。

ビックリしてテーブルを見回すと、セリスさんとレイさんは口元を手で押さえて震えているし、ルナちゃんはアスラーダさんを指さしてゲラゲラ笑っている。

アスタールさんはアスラーダさんから視線を逸らしてそっぽを向いたものの、肩が震えているところを見ると、どうやら笑っているっぽい。

アストールちゃんもみんなにつられてキャッキャと笑う。

そしてアスラーダさんはといえば、引きつった笑みを浮かべてこう言った。

「そのうち、改めて挨拶に行かせてもらうと伝えておいてくれ」

『挨拶』の部分だけ、何故かやたらといい笑顔だった。

……リエラってば、もしかして何かやらかした……？


ルナちゃんは夕飯の後にリエラの部屋に来てからも、『お父さん』ネタを思い出しては肩を震わせるのを繰り返している。

よっぽどツボにはまったらしい。

「炎麗ちゃんのお父さん、って意味だと思ったんだもん……」

「えー？　それはないっしょ」

先週買ったカップでお茶を啜りながら口を尖らせるリエラに、目尻に溜まった涙を拭いながらルナちゃんが言う。

「しかし、言い得て妙で……！」

「そんなに笑ったら、アスラーダさんに悪いよ……」

また笑い出すルナちゃんを窘めてみたものの、彼女の笑いは収まらない。

その気がなかったとはいえ、ネタを提供してしまったのはリエラだから、なんだかちょっぴり責任を感じちゃう。

お茶を飲みながら、ルナちゃんが落ち着くのを待つことにした。

スルトの『お父さん』発言。

アレはどうも、リエラのお父さん、って意味だったみたい。アスラーダさんが炎麗ちゃんをリエラの護衛につけたことをからかったらしいんだよね……

リエラは炎麗ちゃんの子守を頼まれたんだとばかり思ってたけど、アスラーダさん的にはどこの馬の骨かも分からない男とリエラが二人きりで会うのは心配だったらしい。

スルトは、リエラにとっては兄弟みたいなものなんだけど……

炎麗ちゃんを護衛につけたと知って、ルナちゃん達は心配しすぎだって窘めたそうなんだけど、本人は納得しなかったらしい。

で、こっそりと『娘に彼氏ができたお父さんみたいだね』って話していたところで、リエラがあんなことを言い出したので、みんなあの反応になったそうな。

ルナちゃんに「世の中のお父さんって、娘に彼氏ができるとみんなそういうことするの？」って聞いてみたら、「ごく稀に」って返事が返ってきた。

アスラーダさんは、よっぽど過保護なお父さんらしい。

アストールちゃんが大きくなって、彼氏を連れてきたら大変そうだなぁ……


二日目のお休みである今日もまた、スルトと出かける予定だ。目的は、リエラが個人で使う薬草やハーブの採集です。

昨日、『暇だったら付き合ってほしい』ってダメ元で言ったら、ＯＫが出たから甘えさせてもらうことにしたんだけど……

待ち合わせをした外町の工房の前には、リエラの他にルナちゃんとアスラーダさんの姿もある。

アスラーダさんは、心配なら堂々とついていけとみんなに言われたらしい。確かにこっそり尾行とかされたら怖すぎるし、その方が助かるけどね……

そしてルナちゃんの方は、『スルトに会ってみたい！』んだって。

約束の時間にやってきたスルトは、人数が多いことに戸惑いの表情を浮かべた。

「あれ？　リエラだけじゃないのか？」

「うん……。なんか、増えちゃった☆」

とりあえず、ここは笑って誤魔化そう。

「なんてーかさ……アスラーダさんいるなら、俺、いらなくね？」

「うーん……。とりあえずついてはくるけど、ずっといるわけじゃないみたいだよ？」

こそこそと囁いてくるスルトにそう答えたら、彼はアスラーダさんをチラッと見る。

「アスラーダさん狩りすんのか？　俺、むしろそっちを見たい！」

「へ？」

スルトは言うが早いか、アスラーダさんのそばに行って熱心に口説き始める。

アスラーダさんも最初はビックリしていたみたいだけど、最終的には承諾して、四人で仲よく迷宮へ向かうことに……イッタイ、ドウイウコト？

「へー、スルとんって十二歳から探索者やってるんだ？」

「そうそう。まぁ、最初のうちは町のお手伝い的な仕事ばっかかだったけど」

アスラーダさん以外の三人で採集に励みながら、ルナちゃんはスルトとの交流を図っている。

「それにしてもさ」

採集した薬草を見て、スルトは悲しげに首を振った。

「薬草を売りに行っても、査定がしょぼいなーって思ってたけど、採集する部位も採集方法もダメだったなんてなぁ……」

ため息を吐いて、手に持った薬草を袋に仕舞い込む。

「あー、採集のこととか教えてくれる人いなかったの？」

「教えてくれる人はいたけどさ、それがさっきの採り方だったんだよ」

ルナちゃんの疑問に、そう言って肩を竦めるスルト。

実はさっき、スルトが変な採り方してたから、ルナちゃんと二人で正しいやり方を教えてあげたんだよね。

「リエラも、アスラーダさんに教わらなかったら、根っこから引き抜こうとしてたかも……」

「だよな～！」

リエラが同意すると、スルトが明るい声を上げた。アスラーダさんとルナちゃんは驚き顔だ。

「まぁ、採集を生業にしてなければ、そんなもんなのかもね」

そう言ってルナちゃんが苦笑を浮かべる。

「それにしても、私も早く探索者になりたいなぁ……」

ルナちゃんはため息を吐いて、チラリとアスラーダさんに目を向けた。けれど彼はそっぽを向いて、その言葉を切り捨てる。

「余所は余所、だ」

ルナちゃんに対しても、きっちりと過保護なお父さんらしい。

そう思うと、つい笑いが漏れてしまう。

「?」

不思議そうにアスラーダさんがこっちを見たけど、気付かないフリで採集を続けた。

なんだか釈然としない表情をしていたアスラーダさんが、不意にスルトに声をかける。

「お前、狩りはできるのか?」

「え?」

キョトンとした顔で、アスラーダさんを見やるスルト。

「森狼くらいなら……なんとか?」

スルトの答えを聞いて、アスラーダさんはしばし考え込む。

「ルナ、リエラと二人で平気だな?」

「いいよー！　ラー兄、行ってら」

リエラとスルトがそのやり取りに首を傾げていると、アスラーダさんはスルトの首根っこを掴んでどこかに行ってしまった。

スルトの驚く声や抗議する声がしばらく聞こえていたけど、それもやがて聞こえなくなる。

何が起こったのかとルナちゃんに視線で問いかけたら、苦笑いが返ってきた。

「アスラーダお父さん、新しくできた息子に狩りを仕込むつもりみたいよ？」

「ああ～……」

リエラの兄弟は、自分の身内、ということ……？

アスラーダさんの面倒見がよすぎて、リエラも苦笑いするしかなかった。

夕方になって、満足するだけの薬草とハーブを採集したリエラ達は、先に迷宮を出て外町にある探索者組合へ向かう。ロビーでお茶を飲みながら待っていると、スルトが意気揚々(いきようよう)と獲物を持って帰ってきた。

「リエラ！　俺、アスラーダさんに弟子入りすることになった!!」

そう言って嬉しそうに笑うスルトを見て、ルナちゃんが噴き出す。

でも、リエラは内心ちょっぴり呆れ気味だ。

「リエラもルナも、これからよろしく！」

嬉しそうなスルトには悪いけど、アスラーダさんの面倒見のよさって、ちょっと異常じゃない？

まぁ、スルトのためにはいいことに違いないんだけど。

工房に帰ってそのことを話したら、セリスさんは大慌て。アスタールさんに続いてアスラーダさんも弟子を取るなんて、寝耳に水だもんね。

流石（さすが）のセリスさんも渋い顔で愚痴を呟（つぶや）いていたんだけど、ルナちゃんが何かを耳元で囁（ささや）きかけた途端に機嫌がよくなって準備に張り切り出した。

何を話したんだろ？

もしかして、スルトが猫耳族だってことかな？

それから三日後には、スルトが工房にお引っ越ししてきた。リエラの隣の部屋に住むことになるらしい。

アスラーダさんに連れられてきたスルトを見たセリスさんは、それはもう輝かんばかりの笑顔で世話を焼いていたから……やっぱりそういうことなのかなと。

セリスさんは獣耳や尻尾がすごく好きなんだなぁ……

スルトが可愛い系の女の子だったら、もっとテンションが上がったのかも。

リエラが心の中で納得していると、他の人達もセリスさんとスルトの様子を苦笑いしながら見ていた。

ちなみに、本当は今日も迷宮に行く予定だったんだけど、お引っ越しがあるからということで日程を変更して、明日と明後日に泊まりがけで行くことになったんだよ。

まぁ、多分スルトは部屋の設備を見て大騒ぎするだろうし、驚きを共有できる相手（リエラ）がいた方がいいよね。

出番が来るまでの間、リエラは調薬タイムを楽しむことにします。

魔力はいい感じに増え続けていて今は最大二六九。千ミリリットルの調薬なら、三回は休みなしでもやれるようになった。

魔力の含ませ方とかの方は、まだまだ要研究。

魔導具なしで、早くやれるようになりたいなぁ……

そんなことを取りとめもなく考えつつ、調薬を頑張ったり、店番するルナちゃんの手伝いをしたりしていたら、あっという間に夕飯の時間になってしまった。

お昼に会ったスルトは、驚きを通り越して呆然としていたんだけど……

まぁ、そうだよねぇとしか言いようがなかった。

夕飯はセリスさんが力を入れて作ったのか、いつもより更に豪勢だ。

ついでに、一人増えたから席順が少し変わった。

今日からはリエラとレイさんの間にスルトが座る。リエラはスルトと昔馴染みだし、同性のレイさんもそばにいた方がいいかな？　ってことなんだろう。

「なぁなぁ、テーブルにあるのって、ぜーんぶ、今から食うモンなのか？」

「そうだよー。今日はスルトの歓迎会ってことで、いつもより少し種類は多めだけど。こんなにたくさんご飯が並んでるなんて、なんか夢みたいだよね」

「マジか。うわぁ……リエラ、すごい働き口見つけたな……」

スルトが、並べられた蒸し焼き肉や揚げ魚を見ながら、こそこそと囁く。

ここのすごいところって、食べ物だけじゃないんだけど……

まぁ、そのうち身に沁みるだろう。

スルトに対する質問が多くはなったものの、いつも通り和やかな雰囲気の中で食事は進んでいく。

最初、スルトが自分の分をお皿に取り分ける時に遠慮していたから、リエラがどっさりと魚の揚げ物を載せてやった。

前にルナちゃんがそうしてくれて嬉しかったからね。

それからは、スルトも遠慮なく取りたいだけ取っては「美味い……！」と呟きつつ、せっせと口に運んでいる。

そのたびに無意識に動く耳や尻尾に、セリスさんの目が釘付けです。

それに気付いたルナちゃんと二人で、苦笑を交わし合うのがなんとも楽しい。

食事が終わった後、片付けを手伝ってから二階に上がると、スルトがリエラの部屋の前で待っていた。

「どうしたの～？」

とリエラが訊ねても、スルトは困った様子で首を横に振るだけ。

「中で、お茶でも飲む？」

「ん……」

返事があったのでスルトを部屋に招き入れ、作業机の前に座らせる。

今日のお茶は、お休みの日に採ってきたハーブを乾燥させて作ったものだ。

寝る前だからカミツレにしておこ。

ちょっとリンゴに似た香りがたまらないんだよね。

お茶の用意をしながらスルトを見れば、口を半開きにしてぼんやりと部屋の中を見回している。

「なんか……ごめんな？」

リエラがお茶を置くと、はっと我に返ったスルトが、よく分からない謝罪を口にした。

なんで謝られているのか全然分からないんだけど、何かされたっけ？

首を傾げつつ、お茶を少し飲んでみた。

うん、悪くない。美味しく淹れられている。

「スルトも飲んだら？」

「ああ、うん。もらう」

部屋の中には、リエラとスルトがふうふうとお茶を冷ます音だけが響く。

うーん、のんびりまったり。

お茶を啜りながらスルトの方を眺めると、猫舌だからか、まだ冷ましている最中だ。

そっか、少し魔法で冷ましてあげればよかったなぁ……

しばらくして、お茶を少し啜ったスルトが口を開く。

「なんかさ、リエラがやっと見つけた居場所に割り込んだみたいで……」

「へ……？」

スルトは決まり悪そうに目を逸らす。

「アスラーダさんに、『弟子にしてやるから、家に来い』って言われた時は、嬉しくって頭になかったんだけどさ。メシの時に、ふと気付いた。……ほんと、悪い……」

リエラはスルトの言葉を聞きながら呆然としていた。

何でか、って……スルトのキャラじゃないなーと思って。

孤児院にいた時は、こんな殊勝なことを言い出すタイプじゃなかったはずだ。

「……らしくないなぁ」

なので、リエラの口から出たのはそんな言葉だった。

「そもそも、アスタールさんのお弟子さんならこの後も増やす予定らしいし、リエラはそのことに対してどうこう言える立場じゃないよ。スルトはアスラーダさんの弟子になったんだから、堂々としてればいいじゃない」

スルトは驚いた顔でリエラを見て、それからちょっぴり泣きそうな顔になる。

「お茶飲んだら、さっさと寝よ？　明日と明後日は泊まりがけで迷宮に行くんだもん」

リエラは話を切り上げると、まだ何か言いたそうにしているスルトの様子には気付かないふりをして、彼を部屋から追い出した。

お茶を片付けて布団に入ると、いつも通りあっという間に睡魔が襲ってくる。

スルトのことは明日考えることにしよう。

なんだかさっきのスルトは孤児院にいた頃よりも、小さくなってしまったように見えた。一体どうしちゃったんだろう……？

そんなことを考えながら眠ったせいか、リエラはその夜、孤児院にいた時の夢を見た。

リエラのいた孤児院は、親が怪我や病気で亡くなった上に、親戚に引き取ってもらえなかった子供達が、唯一身を寄せることができる施設だ。

維持や管理にお金と人員が必要だからか、エルドランの町には孤児院が一つしかない。

たまに、生まれたばかりの子供が玄関に置き去りにされてしまっていることもある。

夜はかなり冷えるエルドランの町に、生まれたての子供が一晩置き去りにされるんだもの。冷気にやられて、そのまま亡くなってしまうことの方が多かった。

ちなみにリエラは、町の廃材置き場の奥の方に捨てられていたらしい。産着もぼろぼろで、これは助からないだろうと誰もが思ったそうだ。

よく生きていたよね？　その後も大きな病気一つしたことないし。

リエラより一つ年上のスルトは、探索者の両親と旅をしている途中で、魔物に襲われて一人だけ生き残った。

リエラが六歳、スルトが七歳の時だったかな。

たまたま七歳の子達の部屋がいっぱいで、スルトは六歳の子達の部屋に入ることになった。

狭い部屋の両側に三段ベッドが二つ備え付けられていて、スルトはリエラの上の段。

他の子供達となかなか馴染(なじ)めないスルトに、シスター達はいつも困り顔で、そのことにリエラは腹が立って仕方なかった。

「お父さんとお母さんがいないのはスルトだけじゃないでしょう！」

そう言ってしまったのは、スルトがやってきて半年も経った頃だろうか。正直な話、今になって考えると余計なことを言ったものだと思う。

「〜!!」

思いやりのない言葉を投げつけられたスルトの怒りは、声にならなかった。

いつの間にか、取っ組み合いの大喧嘩(おおげんか)。

気が付いたらシスター達に引きはがされて、リエラ達は反省房の中に放り込まれた。

本当のことを言っただけなのになんで自分も入らなきゃいけないのかと納得ができなかったんだけど、今なら理解できる……気がする。

幼かったとはいえ、随分とひどいことを言ったよね。

この事件の後、しばらくの間は互いに気に食わないって感じだったんだけど、そのうちなんでも言い合える仲になっていた。

きっかけがなんだったのかは、よく覚えていないんだけど。

リエラが苦手だったキュウリをスルトが代わりに食べてくれたとか、そういう些細（ささい）なことがきっかけだったような気もする。

リエラはそんな、孤児院にいた頃のどうでもいいような日常のあれこれを、長々と夢で見た。

起きた後もぼんやりと覚えていたから、朝食の席でいつもの生野菜サラダの中にキュウリを見つけて、自分の分をぜーんぶスルトのお皿にのっけてやった。

「おま……」

スルトは何か言いかけたけど、仕方ないなという顔をして、そのキュウリだらけのサラダをもぐもぐしていた。

食事が終わってから、食堂を出ようとしていたスルトを呼び止める。

「スルト」

「あんだ？」

怪訝そうな顔をして振り向くスルトに向かって、リエラは右手を上げた。

「また、一緒だね。これから改めてよろしく」

「……っ！　俺の方こそ、またよろしく！」

スルトは目を瞠って、それから照れ笑いのような、苦笑いのような表情を浮かべる。

片手でハイタッチする音が廊下に響くと、二人で一緒になってニヤリと笑い合った。

「ようこそ、スルト。グラムナード錬金術工房へ！」

今日の予定は、泊まりがけで『水と森の迷宮』に行くこと。

……のはずだったんだけど、朝食の後片付けを手伝っている時に、午前中は戦闘訓練になるらしいとセリスさんから教えられた。

「戦闘訓練……ですか？」

「そうみたい。スルト君が来たでしょう？　ちょうどいいから、リエラちゃんも簡単な攻撃魔法くらいは使えるようになった方がいいだろうって、アスタール様が」

「攻撃魔法ですか……！　なんだか魔法使いみたいですね！」

杖とか要らないのかな？

魔法使いっていうと、なんとなく杖を持っているイメージなんだけど。

「そうね。リエラちゃんならすぐに使えるようになりそうだけど……」

セリスさんは、いつものように優しく微笑みながら呟く。

「魔法といえば、アスタール様から借りている本があるでしょう？　アレの進捗具合はどうかしら？」

「そろそろ、お返ししようと思ってるところです」

「全部覚えられたの？」

「はい！」

セリスさんの問いに、リエラは元気よく答えた。

なんとか昨日の晩、『収納』の魔法までマスターできたんだよね。一応、今朝も試したけど問題なく使えそうだったから、夜になったら本を返す予定だ。

流石！　と手を叩いたセリスさんが頭を撫でてくれる。

リエラはめっちゃ幸せでニコニコだ。

「その本、スルト君にそのまま渡してもらえるかしら？」

「ああ、確かにスルトも使えたら、便利ですよね」

セリスさんに言われて納得。

工房や部屋で使うよりも、探索中に使えた方がありがたい魔法だと思う。

スルトの魔力がどれくらいあるのかは分からないけど、あの本に載ってる魔法は少ない魔力でも使えるみたいだし。

出かける準備が整ったら、家の裏庭へ行くように言われたので、手早く準備をしてそこに向かった。

リエラが着いた時にはもう、スルトはアスラーダさんの監督のもと、基礎練習を始めていた。

まずは体力作りとして、走り込みからなんだって。

リエラも参加するように言われたから、迷宮用の軽装防具を脱ごうとすると、アスラーダさんに止められた。なんと、これを着たまま走らなきゃいけないらしい。

うひー！　結構スパルタ!!

先に走っていたスルトは、リエラが参加した時点で既にバテ気味だ。

家の周りを三十周って言われたけど、リエラは十周くらいでへたり込んじゃったよ。

三周くらいまではなんとか走っていたものの、だんだんペースが落ちていって、十周目になる頃には歩くのも無理でした。

ここんところ、調薬ばっかりで引きこもりがちだったからなぁ……

元々体力がある方ではなかったんだけど、思っていた以上に運動不足らしい。スルトはバテ気味とはいえ走り切っていたから、腐っても探索者、ということだろうか。

走り込みが終わった後は、腹筋に腕立て伏せ等々、がっつりと体を鍛えた。

今日から、迷宮に行く前は必ずこれをやるんだって。

スルトは毎日だけど、リエラは一日おきに。

うーわぁ……

コレカラ迷宮ニ行クノガ楽シミダナァ……

体力作りのメニューをできるところまでやって、なんとか動ける程度まで回復したら、
リエラは初歩の攻撃魔法を本でお勉強です。

剣の素振りをするスルトと違って、魔法のお勉強で本当によかった……

リエラは運動音痴だという自覚があるから、武器を振り回すのなんかは絶対に無理だもの。スルトはよく二本の剣を同時に振り回したりできるよね。

あ、そうそう。

スルトってば二刀流なんだよ。

アスラーダさん曰く、まだ適当に振り回しているだけらしい。でも、リエラの目からはすごく器用に扱っているように見える。

アスラーダさんからするとダメダメらしいんだけど、そもそも基準がおかしい可能性もあるよね？

おっと、スルトのことよりも自分のことだ。ぼんやりと見ちゃっていたので、慌てて本の方に意識を戻す。

新しく渡された本に書かれている魔法は、全部で八種類。放出系と身体強化系の魔法らしい。

・火弾（かだん）……五センチくらいの火の球を標的にぶつける。
・氷弾（ひだん）……五センチくらいの氷の球を標的にぶつける。
・岩弾（がんだん）……五センチくらいの石の球を標的にぶつける。
・風弾（ふうだん）……五センチくらいのカマイタチを標的にぶつける。
・速度強化……対象者の素早さを一割上昇させる。
・腕力強化……対象者の物理攻撃力を一割上昇させる。
・耐久強化……対象者の物理ダメージ耐性を一割上昇させる。
・耐性強化……対象者の魔法耐性を一割上昇させる。

身体強化系は、アスラーダさんやスルトみたいに前線で戦う人にかけて、戦いを補助するための魔法らしい。

攻撃に使うのは放出系の魔法になるみたいだし、まずはこっちから覚えていくことにしよう。

基本的なやり方は『生活に使える魔法大全』に書かれているのと同じだったから問題はなさそうだけど、『放出』の部分が問題かな……。今まで使っていた魔法は、この本を読む限りでは『放出』とは少しイメージが違う。

ざっと読んで、大体は把握できたから試してみたくなる。周りを見回すと、スルトの素振りを見ていたアスラーダさんと目が合った。

「どうした？」

とりあえず、的が欲しいってお願いしてみよう。

リエラの要望を聞いた彼はあっさりと頷き、少し離れた場所に目を向ける。その視線の先に、突然ニョキニョキッと岩が生えてきて、リエラは思わず驚きの声を上げた。

そこにはあっという間に、投げナイフ用の的みたいなものができてしまう。

岩でできているってことは、これは地属性の魔法だよね？

リエラが拍手しながら歓声を上げると、アスラーダさんはなんだか得意げだ。ふふ、アスラーダさんのこういうところ、なーんか可愛い！

何はともあれ、せっかく的を作ってもらったんだから試してみたい。

最初は『火弾（かだん）』からかな。

初めてだし、詠唱は端折（はしょ）らずにやってみよう。

「我命ず。そは焼きつくす炎也（なり）」

そこまで詠唱するとリエラの前に、直径五センチくらいの炎の球が現れる。手から三十センチくらいしか離れていないので、出した本人も結構熱い。

「我が命に従い敵を焼き尽くせ」

詠唱が終わると同時に、的に向かって炎の球が飛んでいく。

——無事命中。

的が岩だからか、少し煤（すす）けはしたものの破損してはいないみたいだ。

「初見で成功か。セリスが魔法使い向きだと言うのも納得だな」

リエラが詠唱するのを見ていたアスラーダさんが呟（つぶや）く。

「おだてても、何も出ませんよ～」

褒められたら嬉しいので、笑顔は出ちゃいますけど。

さて、他の魔法も一通り試してみよう！

そうして一通り試した結果、どれもきちんと発動できた。

あまりにもすんなりと発動できたものだから、調子に乗って無詠唱に挑戦！

いつものように、詠唱した時の感覚を辿るようにして発動してみたんだけれど、これがどういうわけだか上手くいかない。

最初に火の球とかカマイタチとか、そういうのを具現化するのは上手くいくんだけどね、飛ばすことができないんだよ……

手元に留まって動かないから、火傷したり、切り傷をこしらえたりと散々だ。

そのたびに、顔色を変えて飛んできたアスラーダさんが『高速治療薬』で治してくれたんだけどね。

痛かった……

「無詠唱はもっと使い込んで、魔法をきちんとモノにしてからにしろ！」

最終的に、アスラーダさんに怖い顔で禁止されちゃいました。

心配させちゃったんだよね、ごめんなさい……

アスラーダさんにお礼と謝罪をして、無詠唱は諦(あきら)めることにした。きっと、そのうちできるようになるから焦ることはない。

自分にそう言い聞かせたものの、やっぱり詠唱するのはなんか気持ち悪いんだよね。

でも、また痛い思いをするのも嫌だから、詠唱の方をきちんとモノにするようにしよう。

うう……でも、無詠唱……

思考がループし始めたから、気分を変えるためにスルトの方へ目を向ける。スルトは素振りが終わった後は、アスラーダさんと木剣で打ち合いをしていた。

素振りの時にはよく分からなかったけど、人と打ち合っているのを見ると、確かにまだまだ無駄な動きが多い……のかな？

打ち合いと言ってもアスラーダさんは、ほとんど動かない状態でスルトの攻撃をいなしているし。これだけ力量が違えば、リエラでもその差が分かる気がするよ。

さて！　スルトも頑張っていることだし、リエラもきちんと攻撃魔法を身につけちゃおう。

色々考えた結果、『風弾』の魔法を最初に身につけることにした。

迷宮は木がたくさん生えているから、火は論外かなーと……

残りの三つの中で風を選んだ理由は……アスラーダさんが使っているからだと思う。

魔力が尽きそうになるまで練習してみた結果、詠唱する方法も意外と応用は利きそうだなと分かってきた。

目標に対して直線以外の動きをさせることもできるし、カマイタチのサイズも変えられる。

サイズは小さくすることしかできないんだけど、凝縮した感じになるからか通常時よりも破壊力が上がるみたい。

狙った場所に命中させることができるなら、物騒な話だけど、そっちの方が効果的？

アスラーダさんがボロボロになった的を熱心に確認してから、リエラにジトっとした視線を向けて、大げさなため息を吐く。

ちゃんと詠唱して練習したんだし、ちょっとした実験くらいしてもよかったよ……ね？


お昼ご飯を食べると、予定通り『水と森の迷宮』へ薬草を採りに向かう。いつもならヤギ車を使うんだけど、今日は体力作りの一環として徒歩。

午前中にたくさん走ったせいか、いつもよりも足が重く感じる……やっぱり、明日は筋肉痛かなぁ……

スルトはリエラよりもよっぽど運動したはずなんだけど、足取りは軽い。これって、噂に聞く『獣耳族系特有の運動能力』ってやつの一端なんだろうか。

アスラーダさんは普段通りの表情でリエラの横をゆっくり歩いている。

「リエラ、早く歩けー！」

ご機嫌な顔して結構先まで歩いていったスルトが急げと要求してくるけど、無理だよぉ。

「足が重くて、これ以上早く歩くのは無理ー！」

返事を聞いて戻ってきたスルトは、リエラに背中を向けてしゃがみ込む。

「んじゃ、おんぶしてやるよ」

「ええ～？」

意外な申し出にビックリして思わずアスラーダさんを見上げると、彼は少し考えてから頷いた。

「――スルトはまだ余裕がありそうだから、入口までその状態で走り込み」

「マジか⁉」

アスラーダさんの言葉に目を剥いたスルトだけど、すぐにリエラをおぶって言われた通りに走り出す。

リエラは重石……？　って、あれ？　体力作りのために歩くって話だったんじゃ？

「それにしても、リエラは育ってないなー」

「⁉」

リエラを背負っているスルトが、ポツリとひどいことを口走る。

そりゃあ背も低いし、ルナちゃんみたいに女の子らしい体形じゃないよ？　でも、それもまだ十二歳だからだもん。きっと、あと三年もすれば育つよ……！

……多分……

失礼なことを言ったスルトの頭には、追いついてきたアスラーダさんの拳骨が落ちた。

ざまーみろ！　……なんて言っちゃダメかな？　いやいや、要らない減らず口を叩くからイケナイのです。

迷宮の入り口に着いたら、重石のリエラはお役御免。でも、移動中におんぶしてもらえたおかげで、少し足の重さはマシになったかも。

今日は迷宮の一番奥にある湖まで行って、そこで野営をする予定なんだって。

迷宮で一晩過ごす理由ってなんだろうなーと考えていたんだけど、本に書いてあった内容をふと思い出す。

「そういえば、夜しか採れない薬草があるんでしたっけ？」

「へー、そんなのがあるん？」

「うん。アスタールさんから借りた本に書いてあったんだけど……水月草っていったかな？」

確認のためにアスラーダさんに視線を向けると、肯定の仕草が返ってくる。

「月の出ている晩にだけ咲く花だ。今日は雲も少ないし、きっと見れるだろう」

迷宮に入って空を見上げると、確かに薄い雲が少し浮かんでいるだけだ。

「月夜の晩かぁ」

「ああ、淡い水色の小さな花が水辺にたくさん咲く。月の光が当たるとうっすら発光するんだが、その発光している花を採集するんだ」

アスラーダさんが説明しながら、空中に花の形を描く。

「なんか、綺麗そう……」

リエラがその花の姿を想像して呟くと、彼は嬉しそうに目を細めた。

「『水と森の迷宮』の絶景ポイントの一つでもあるな」

「……アレって、薬草だったのか……」

誇らしげに胸を張るアスラーダさんの後ろで、スルトがしょんぼりと耳を伏せる。

「スルトは見たことあるの？」

「ああ。リエラとここで最初に会った時も、それを見に来たんだよ」

「へー、そんなに綺麗なんだ」

スルトが言うと、なんだか希少価値が下がったような感じがするこの不思議。リエラにとって身近すぎるせいかな？

でも、わざわざ花を見るためにスルトが迷宮に入るなんて、よっぽど綺麗なんだよね。

楽しみだなぁ。

いつも通りに採集をしながら目的地へ向かう。野営する予定の場所に着くと、アスラーダさんの指示に従って準備を始める。

アスラーダさんは二人くらいなら入れそうな小さなテントを持ってきていて、スルトに組み立て方を教えていた。

リエラのお役目は、火を焚いてお夕飯の準備をすることだ。

お夕飯の材料は、リエラが薬草を採っている最中にスルトが仕留めた森兎と、森の中で採れる野菜の数々。野営道具の中にあったお鍋を使って、お手軽にスープを作ることにした。

パンはセリスさんが持たせてくれたので、それを温めればいい。

食事の準備ができたタイミングで、テントの用意を終わらせた二人がやってきた。

「腹減った～！」

「いい匂いだな」

「ちょうど、スープができたところですよ」

スルトは鼻がきくからなぁと思いながら、カップにスープを注いで渡す。

さぁ、食事の時間だ♪

森兎のお肉をスープに全部は使わず、串に刺して火の周りで炙って食べる。いつもと違う環境で食べているせいか、なんだか自分で作った割には美味しい気がした。

ちょっぴり早めのお夕飯を食べ終わると、後片付けをして月が昇るのを待つ。

その間、アスラーダさんが魔術学院の話をしてくれた。

王都育ちの彼は、十八歳になるまでそこに通っていたらしい。お祖父さんが亡くなった時にグラムナードに戻ってきて、その後はずっとこっちにいるんだって。

魔術学院でのお話を興味深く聞いているうちに、空が暗くなってきた。

でも、アスラーダさんってエルドランから来た隊商の護衛をやっていたよね？　十八歳以降はずっとグラムナードにいたはずなのに、なんでだろ？

辺りが完全に暗くなると、水辺がぼんやりと光り出す。

月の光を浴びて、小さなユリのような花弁がゆっくりと開いていくのは、ちょっと見ない光景だ。

暗くなった湖にも、その光が映り込んでゆらゆらと揺らめいている。

「うわぁ……綺麗……」

語彙が少ないだけかもしれないけど、それ以外の言葉が出ない。

思わず立ち上がって、咲いている花に近づく。

ふんわりとした光を放つ水月草を摘むのは、なんとなく憚られるような気がしたけど、しばらくうっとりと観賞させてもらってから、三人で静かにお花を摘んだ。

水月草の採集も今日の目的の一つだったので、これは仕方がないのです……

リエラ達が野営する場所のそばにはたくさん生えていたから、あっという間に予定の数が集まった。それでも足元が危なくない程度に明るいのは、まだまだたくさんの花が咲いているからだ。

採集が終わって袋を仕舞うと、離れた場所を照らしている水月草を改めて眺める。

ふんわりとした光が湖を浮かび上がらせつつ揺れている姿はとても幻想的で、この世のものとは思えない。

暖を取るための焚火(たきび)に背を向けて、その光景に見入っているうちに、いつしかリエラは夢の中にいた。水月草の草原で誰かと追いかけっこしている夢だ。

やがて魚の焼けるいい匂いに、空腹感を刺激されて目が覚めると、空は明るくなっていた。

いつの間に寝ちゃったんだろう？　と、首を傾げながら体を起こす。水月草が揺れるのを見ていた後の記憶がないんだけど、なんで毛布にくるまって……

もしかして、あのまま寝ちゃった!?

それって、アスラーダさんとスルトの二人に夜の見張りをさせちゃったってことだよね!?

内心、叫び出したい気分でテントから出ると、火の番をしているスルトがそこにいた。

スルトってば涎を垂らしながら、火を囲むように並べられた串刺しの魚を見つめている。ちょっと、見張りとしてはどうなのかと思う。

焼き魚に夢中なその姿に、申し訳ない気持ちが急速に萎んでいったのは確かだ。だって、生焼けでもいいとか言って、今すぐにでも飛びつきそうなんだもの。

「えっと……おはよう」

それでも一応、申し訳ない気持ちを込めて挨拶すると、魚に釘付けだったスルトがリエラの方を見た。

「あ、おはよう。なあなあアスラーダさん、釣りも上手いんだよ！　一時間経たずにこんなに……!!」

スルトが大絶賛中のアスラーダさんはどこだろうと視線を巡らせれば、湖の方で釣りをしている姿が見える。

「すごいねー。でも、スルトの涎もすごすぎ」

スルトは涎も拭かずに、焼かれている魚をニコニコしながら示す。リエラは同意しつつ、今にも零れそうな涎が気になってハンカチを渡した。

　スルトも、言われてみて初めて自分の惨状に気付いたらしく、赤くなりながら口元を拭う。

　いや、そのハンカチは返さないでいいよ？　なんとなくバッチイし。

「おはよう。リエラ、よく眠れたか？」

　リエラの姿が見えたのか、アスラーダさんが釣りを中断して戻ってきた。

「こいつが全部食べそうな勢いだから、魚を補充してきた」

　そう言ってスルトの耳をツンツンしながら、ニヤリと笑う。

　スルトは不本意そうな顔をしているものの、アスラーダさんの釣果を見て尻尾が嬉しそうに揺れているので本心は丸分かりだ。

　全く、単純なんだから。

　今日は白月の日で、二連休の一日目だ。朝からたっぷりのお魚とパンを食べると、午前中いっぱい採集を行ってから帰宅した。

　出来上がっているはずの注文品をルナちゃんとスルトと三人で受け取りに行って、お昼もルナちゃん推奨の可愛いお店で食べた。

　スルトが落ち着かない様子だったのがツボに入って、ルナちゃんと二人で大笑いしちゃったよ。スルトは憮然とした顔をしていたけど。

翌日は蒼月の日で、二連休の二日目。この日は、『高速治療薬』を自力で作るための練習に費やすことにする。

その結果、たくさんの傷薬と『超低速治療薬』を量産しちゃったよ……トホホ。

『超低速治療薬』っていうのは……まぁ、ただの失敗作。少しだけ魔力が込められているから、傷薬よりは早く怪我が治るっていうだけの代物です。

これは、生傷の絶えないスルトに進呈した。

気軽に使えていいと喜んでくれたから、これはこれでアリかな……？

薬を渡しつつ気分転換のお茶に付き合ってもらったら、スルトにお小言を言われてしまう。

「休みの日は、仕事とは別のことをした方がいいって、アスラーダ師匠が言ってたぞ」

「でも、あと少しって感じがするんだよぉ……。そういうのって、なんか気持ち悪いじゃん？」

「ああ～……それはあるよなー」

リエラが理由を話すと、スルトにも心当たりのあることらしく納得顔。

「確かに、あと少しで何かが掴めそうって時は、掴めるまで突っ走りたくなるよなぁ……」

「うんうん、そうでしょ？」

二人でお互いの話に相槌を打ちながらお茶を飲む。

「そういや、俺の太刀筋も少しはよくなったんだぜ」

「おおー！」

「前は……、本当は兎を倒すのにもちょっと苦労してたんだ。だけど、一昨日お前と一緒に迷宮に行った時は手こずらなかった」

スルトはそう言うと、嬉しそうに笑う。ってことは、前に他の迷宮にも行くって言っていたのは見栄だったのか……

兎って、確か一番弱いんだよね？

そんな兎さんでさえも、リエラには倒せないけど！

なんというか、可愛すぎて攻撃する気になれないし……

「師匠が解体の仕方とかも教えてくれてさ。おかげで少しは稼げるようになったよ」

なんて言いながら、機嫌よさげに尻尾を揺らすスルト。

あれ？　今なんか違和感があること言わなかった？

「そういえば、スルトとアスラーダさんの師弟契約はどうなってるの？」

「探索者に必要な技術を教えてくれるってことになってる。その間の衣食住と給料は出すって言われたけど、俺から頼み込んだことだろ？　逆に、指導料と衣食住の代金を払わせてほしいって言ったんだ」

リエラの質問にそう答えると、最後に「一応は自立してるからな」と言って締めくくる。

リエラもアスタールさんに教えてもらう立場なんだけど、やっぱりお給料をもらうのはおかしいのかな？

せめて、衣食住の代金をはら……ってたよ。確か、お給料から引かれてた！

それによく考えたら、ちゃんと雇用契約した上での師弟関係でした。

「生活費とかは？」

「師匠と迷宮に行った時に俺が採集したり、狩りをしたりして得たものは、俺の所有物扱いにさせてくれてるからそれを売ってる。正直、弟子入り前より稼げてるよ」

思わず拍手すると、スルトが照れた顔で笑う。

「そっかぁ……。リエラもスルトに負けないように頑張らないと」

「ほどほどにな」

リエラの決意表明を聞いて苦笑いしたスルトに、ふと思いついたことを聞いてみる。

「それよりもさ、スルトの採集したものって、リエラにも売ってもらえるのかな？」

「へ？　まぁ、できるけど……？」

「やった！　それじゃあ、条件を決めちゃおう！」

善は急げだ！　リエラは大喜びで、契約書を作るために紙とペンを用意する。

「え、そんなに本格的なのか？」

「スルトの生活もかかってくるでしょ？　きちんとしよ」

契約書なんて大げさだと目を丸くするスルトに、そう答えて契約内容を書き出していく。

こうすれば、リエラは休みの日にまで採集に出なくてもよくなるし、スルトは継続的に素材を購入してくれる相手ができる。

これって、ウィンウィンの関係ってやつだよね？

実際のところ、スルトと契約ができて本当によかった。

だって今までの雰囲気からして、一人で採集なんて、とてもじゃないけど許可が出ないだろう。かといって、お休みの日にまでアスラーダさんに付き合ってもらうわけにもいかない。

なので、誰かから買い取るしかないかなぁと思っていたんだけど、問題はリエラに伝手（つて）がないことで……でもコレで解決だよ！

ちなみに今のところスルトから買い取る予定なのは、『赤薬草』だけ。

状態の良し悪しで多少は値段の上下があるらしいけど、一グラムで十ミルが相場だそうなので、その金額でお願いした。

今までは適当にぶちっと引っこ抜いていたから、大袋いっぱいに背負って帰ってきても、相場より安い値でしか買い取ってもらえなかったんだとか。

『草むしりじゃないよ』ってツッコみたくなるけど、リエラも教わってなかったら同じことをやってたかもしれない。

採集の仕方って、大事なんだね……。

これまで素泊まり五百ミルの格安宿に泊まっていたというスルトは、前に一緒にご飯を食べた時には見栄を張っていたっぽい。

宿代の倍はしたよね、あの時のご飯。その分貯めておけばよかったのに……。

何はともあれ、今のスルトはちゃんとした採集の仕方も覚えたし、毎日迷宮に行っているから結構な量を売ってくれると思う。

これで練習用と、グレッグおじさんが来た時に納品する品物用の材料は大丈夫だね。

休みが明けた紫月（しげつ）の日。今日は軟膏（なんこう）の作り方を教わった。

「流石（さすが）に毎日同じものばかりだと飽きちゃうから、気分転換に作ってね」

セリスさん曰くそういう理由なんだって。流石セリスさん、分かっていらっしゃる。

材料は、蜜ロウ・バイバイナッツ油・『高速治療薬』。

バイバイナッツ油っていうのは、常温で固まる種類の植物油。混ぜ込んだ液体の効果を倍増させる働きがあるらしい。

これを蜜ロウと一緒にルツボで柔らかくなる程度に温めてから、『高速治療薬』を加えて粘りが出るまで混ぜ合わせる。

これを作るのには、なんと魔力が必要ありません！

ただ、代わりに腕力が必要だから、リエラが一度に作れる量は少なめだ。頑張って作っていたら、腕にだけ変な筋肉がつきそう。

気になる効果の方は、バイバイナッツのおかげで『高速治療薬』よりも傷の回復が早いんだとか。

でも、かなりネバネバしているから塗りにくそうな感じです。

バイバイナッツ自体がちょっとお高めなので、その分値段も上がるらしい。

百グラムで千ミルだっていうから、そうでもないのかなと思ったら、余分な実や殻の部分も込みの値段なんだって。必要なのは殻の中身なんだけど、その部分は十グラムあるかどうか。

十グラムの油の値段が千ミルなら、確かに高価だよね。

あ、実の部分は薬にはならないけどジャムにして食べるから無駄にならないらしい。

油はセリスさんが魔法で精製してくれたものを使っているんだけど、次にバイバイナッツを仕入れた時に精製の仕方を教えてもらえることになった。

やれることが増えてきて、工房での作業が本当に楽しい。

その日は一日、魔導具で『高速治療薬』を作っては、休憩がてらに軟膏を作って過ごした。

ああ……調薬って和む……


迷宮で水月草を採取してから、あっという間に一週間が経った。

調薬の修業、庭での鍛練、迷宮で採取の繰り返しだけど、ほどよく刺激があって日々充実している。

最初に鍛練を始めた時よりも多少は走れる距離が増えてきたし、調薬の時のすり潰し作業も少し楽になったかもしれない。

すり潰しやすくなったのは、腕立て伏せの成果でしょうか？　それに、迷宮は森の中だから緑が豊かで湖も綺麗だし、気分転換にもいい。

そんな感じで日々を過ごしていたんだけどね。

やってきました、お給料日‼

アスタールさんから渡された封筒を部屋で開けてみると、初任給の七万ミルが一ミルも引かれることなく入っていたよ……！

ミスも結構あったと思うんだけど、その程度では引かれたりしないらしい。

スルトから赤薬草の買い取りを始めたから、最初にもらった交通費という名の契約料（？）の残りと合わせて十三万五千ミルが現在の所持金。

これから、追加で欲しくなる機材もきっとあれこれ出てくるだろうし、計画的に使わなきゃ。

スルトからの買い取りは、今のところ週に一キログラムまでにしている。今は赤薬草だけの約束だけど、そのうちバイバイナッツもお願いしたくなりそうなんだもの。

お金の管理をきちんとしてないと、あっという間に無一文だ。

場合によっては、次回グレッグおじさんが来た時に契約内容を少し変更させてもらって、孤児院に支払うお金の一部を現金でもらえるようにした方がいいかもしれない。

まぁ、お給料の前にリエラの力量が上がらないとお話にならないんだけど……次のお給料日までに少しは力量が上がっているといいな。

魔力量の方は順調に増えてきていて、最大魔力が四三九まで上がった。

最初に確認した時の、倍以上だよ！

こんなに簡単に増えていいのかと誰かに聞きたい。

だって、リエラがやっているのって調薬と、アスラーダさんの鍛練だけだし。大したことはやってないはずなんだもの。

おかげで魔導具を使っての調薬なら、なんとか六千ミリリットルを一気に作れるようになった。

魔導具を使わない調薬の方は……未だに微成功と失敗の繰り返し。

微成功した薬は、スルトに全部贈呈です。売り物にならないレベルなんだそうだけど、スルトは毎回大喜びだ。

スルトのところでも余るようになったら、孤児院へ寄付をするのもいいかもしれない。ちびっこ達は、みんなしょっちゅう切り傷やらアカギレやらを拵えているから。

初任給で、お世話になった人に何か贈ろうかとも思っていたんだけど、対象になる人達の中に、お金で買ったもので喜んでくれそうな人が思い当たらない。

色々悩んだ挙句に出した結論は、セリスさんみたいに薬以外のものを作れるようになって、自分で作ったものを贈るのがいいんじゃないかということ。

いつになるのかは分からないけど、できるだけ早く実現したいな。

魔導具に頼らず自力で『高速治療薬』を作れるようになろうと悪戦苦闘しているうちに、グレッグおじさんがグラムナードにやってくる日が来てしまった。

その間の進捗といえば、『治療丸』の作り方を今月の初めに教えてもらったことが挙げられる。『治療丸』は『高速治療薬』一瓶から十粒作れる丸薬で、内臓の損傷を癒す効果がある。

作るために魔力が必要ないのも魅力的な一品です。

他に進捗と言えるのは、セリスさんから『抽出』『分離』『流体操作』の魔法を教えてもらったことかな？

『抽出』と『分離』は、バイバイナッツを仕入れた時に教わった。

バイバイナッツの実は、オレンジ色をした桃みたいな果物だ。種を取るためにはナイフを使うんだろうと思っていたんだけど、セリスさんが『分離』の魔法を使ったら実の中から種がポンポン飛び出してきて、もうビックリ！

教わってすぐに自分でやってみたら、もう、面白くって……調子に乗ってやりすぎちゃったよ。

『抽出』は、種から油を搾る時に使う魔法。

本来は、何日か陰干ししてからトンカチで殻を割って、中の仁を取り出してから、重石（おもし）を載せて搾るんだって。

でも魔法を使うと、容器の上で種を握っているだけでどんどん油が溜まっていく。

魔法って便利すぎる……！

最後の『流体操作』っていうのは、魔力が増えてきて一度に作れる『高速治療薬』の量も増えたからってことで教えてもらった。

前にセリスさんが使っているのを見たことがあるんだけど、この魔法を使うと水薬なんかは道具を使わなくても零（こぼ）すことなく樽に入れることができる。

重いお鍋を持ち上げられなくて困っていたから、すごく重宝（ちょうほう）しているよ。

あ、それと、『治療用軟膏（なんこう）』がきちんと作れるようになったということで、リエラの手取りのお給料が二万ミルも増えた。

自力で『高速治療薬』が作れるようになったら、軟膏（なんこう）用のバイバイナッツをスルトに採ってきてもらえるように頼んでもいいかもしれない。

ちなみに『高速治療薬』は、自力で魔力を込める作業がまだ上手くいっていない。けど、三回に一回はセリスさんから合格をもらえるようになったし、もう少しでコツを掴めるかも。

あと、もうひと頑張り！

そういえば、魔力の方も順調に増えまくって、いつの間にやら六七四三になっていた。わずか三ヶ月間、魔力を増やすことを考えて生活しただけで、こんなに増えるものだとは思わなかった……

最初って一五〇かそこらだったはずなんだよね。

その時点でも魔術学院に入れたそうだけど、世の中の魔法使いって職業の人達は一体どれほどの魔力があるんだろう？

セリスさん曰く、ほとんどの人が魔法を使えるグラムナードでも、魔力が一〇〇〇〇を超える人は数えるほどなんだって。でも、リエラですら六〇〇〇を超えたんだから、もっと魔力が高い人はゴロゴロいそう。

さて、近況についてはひとまず置いておいて。

今日の夕方になって、グレッグおじさん達の隊商が外町に着いたという報告が入った。

三ヶ月おきくらいに来ているって言っていたから、予定通りだ。

そんなわけで、明日の午前中に商談を行うため、アスタールさんのお部屋で打ち合わせをすることになった。

「今回の取引品目は、『高速治療薬』『治療用軟膏』『治療丸』の三つで間違いないかね？」

「はい。『高速治療薬』は魔導具なしだと成功率が低いので、魔導具の貸し出しをお願いします」

「貸し出し自体は問題ないのだが、持ち運ぶのには少し重い。工房で使いたまえ」

リエラの言葉に頷きながら、アスタールさんが言った。

「一日に作れる量はどれくらいかね？」

「『高速治療薬』なら中樽に三つか四つです。『治療用軟膏』と『治療丸』の方は材料があれば一日で百個ずつは問題なく作れます。『治療用軟膏』は連続で作ると筋肉痛になるから、毎日それだけの数を用意するのは無理ですけど。今回は準備に五日間とれるので、『高速治療薬』だけなら中樽二十個。ただし、そのうちのいくらかは『治療用軟膏』と『治療丸』を作るのに必要なので、納品数はもう少し減ります」

中樽というのは十リットル入るサイズの樽だ。蓋の部分に蛇口がついていて、そこから『高速治療薬』を瓶などに注げるようになっている。

これより小さいサイズの小樽は五リットル。最も大きい大樽は百リットル入るそうだけど、うちでは取り扱っていない。理由は一度栓を開けると、使い切る前に中身が劣化してしまうからだそうだ。

治癒力が落ちた薬を売るわけにはいかないもんね。

「なるほど、だが先方にはもっと少なめに申告したまえ」

今のリエラに作れる最大量を報告したのに、何故かそんなことを言われた。

疑問が顔に出たんだろう。アスタールさんが理由を教えてくれる。

「君は無理をしがちなようだからな」

ショックだ！　もしかして、信用がない⁉

「……分かりました。それじゃ、四日間で作れる量を言うことにします」

「三日間」

「ええぇ……？」

「三日間」

「……」

「三日間」

大事なことだからか、三回も言われた。

「分かりました。じゃあ、『高速治療薬』中樽十個、『治療用軟膏（なんこう）』百個、『治療丸』千個ということにします」

無表情で一歩も譲らないと主張するアスタールさんに、結局リエラの方が折れることになった。

孤児院には、少しでも多く寄付したいんだけどな……

「『治療用軟膏（なんこう）』が少なめなことを差し引いても、『治療丸』の数がおかしくないかね？」

「えっと、『治療丸』は材料となる『高速治療薬』があれば結構簡単に作れるから、一日に五百個は作れます」

　リエラの答えに、アスタールさんも納得したらしい。

「では、それで問題なかろう。最後に売り上げ金についてだが、今回から半分は材料費として回収するようにしたまえ」

「え、でも、材料費はリエラのお給料から天引きってことになりましたよね？」

　売り上げの一部をもらうっていうのはリエラからお願いしようかと思っていたんだけど、まさかアスタールさんの方から言われるなんて。

　驚きつつも問い返すと、ため息を吐かれた。

「注文数によっては、君の給料では足りなくなるというのが理由だ。今回の取引では大丈夫だったとしても、時間の問題ではないか」

　……そうなんだよねぇ。

　今、練習用にスルトから売ってもらっている薬草の代金だって、週に一万ミル。それに加えて今後、大量の注文が入ったら、貯金をはたいても足りなくなるかもしれない。

シスター達だって、リエラが借金してまで寄付するのは望まないだろう。

「分かりました。その内容で、明日の朝までに契約書を作ってきます」

リエラがそう言うと、アスタールさんは少しほっとした様子で頷く。早速書類を作るために部屋を出ようとした時、不意に呼び止められた。

「リエラ。魔導具なしでの成功率はどれくらいかね？」

驚いて振り返ると、アスタールさんが何かを期待するような目でリエラを見ている。

「三回に一回くらいです」

「ふむ……」

リエラの答えに、アスタールさんは満足げに目を閉じて小さく呟く。

「グレッグ殿との取引が終わったら、面白い遊びを教えよう。楽しみにしていたまえ」

珍しい、ちょっと笑ったよ！

そんなアスタールさんが教えてくれるという『遊び』にちょっとドキドキびくびくしながら、リエラは部屋を出た。


「この条件で問題ないよ」

明くる商談の日。リエラが用意した見積書兼、契約書を確認すると、グレッグおじさんはあっさりと言った。

「疑問点とかはないですか？」

「特にないかな」

質問にもニコニコ笑顔だ。

「正直、前回の条件だと、素材の仕入れに無理が出てくる不安があったからね」

そう言いながら、お茶を口に含んでウンウンと頷く。

「それに、孤児院への寄付を現物支給にするというのは、ウチにとってもいい案だ」

そう。実は今回から、孤児院への寄付はお金ではなく現物支給という形でお願いすることにした。

スルトと相談した結果、孤児院では食べ物だけじゃなく日用品の類も不足気味。だから、その足りないものをグレッグおじさん経由で寄付しようというわけだ。

現物で寄付するにあたっての手間賃は、お店の収入になるからおじさんにも損はない。

「そうそう、孤児院のみんなからの手紙をたくさん預かってきたから、時間がある時に読んであげておくれ」

「遠くから持ってきてくださって、ありがとうございます」

おじさんがテーブルの上に、紐でまとめた紙の束を置いてくれた。それを受け取って、丁寧にバッグに仕舞い込む。

乱暴に扱うと破けてしまいそうな紙もあったから、相変わらず不足しているものが多そうだ。

「さて、それでは今回の注文内容を確認させてもらおうか」

リエラが手紙を仕舞うのを見守っていたグレッグおじさんが、商談の続きを始めた。

今回の注文は最終的にこうなった。

『高速治療薬』　中樽十個

『治療用軟膏』　百個

『治療丸』　千個

「前回、『高速治療薬』を仕入れて帰ることができたから、最近は探索者のお客さんが増えてきてね」

グレッグおじさん曰く、余所の町の錬金術工房で作っている薬の効果はあまり高くないらしい。だから、今まで探索者が必要とするほどのものは取り扱いが少なかったんだとか。

そこへグラムナード産の高品質な治療薬を仕入れてきたものだから、それを目当てにやってきた探索者さんが他の商品も買ってくれるという好循環が生まれ、おじさんのお店は売り上げが好調なんだそうだ。

リエラがたくさん作った普通の傷薬も、思いのほか好評で既に完売したらしい。

なんというか、自分が作った品物を喜んで買ってくれる人がいると聞くと、嬉しいものだと改めて思う。それを話してくれたのが自分の知っている人だと、また格別だよね。

とりあえず、今回の注文も滞りなく納品できるように頑張ろう。

午前中のうちにグレッグおじさんとの商談が終わったから、リエラは急いで工房に戻って注文の品の作成に取りかかることにした。

「ただ今戻りましたー！」

「リエラちゃん、おかえりなさい」

工房に入りつつ、セリスさんに声をかけると、いつものように柔らかく微笑んで迎えてくれる。

毎度のことではあるんだけど、外出から帰ってきた時の『おかえりなさい』の破壊力がとんでもない……！

リエラはこの言葉を聞くたびに、セリスさんにぎゅっと抱きつきたくなってしまう。

でも、いきなりそんなことをして嫌われたくないので、ぐっと我慢我慢。

セリスさんはリエラの内心の葛藤なんて知らないから、いつも通りの笑顔でお茶を淹れてくれる。

「商談は大丈夫だった？」

「はい、見積り通りで大丈夫だそうです。『高速治療薬』を中樽十個と『治療用軟膏』百個と『治療丸』千個の注文をいただいてきました」

リエラは早速お茶を一口飲んでから、グレッグおじさんにサインをもらった契約書兼、注文書をセリスさんに見せた。

セリスさんの淹れてくれたお茶、美味しー。

「大量注文ね。でもリエラちゃんなら……三日か四日で揃えられるかしら……」

「はい。今日はこの後すぐに取りかかっていいってアスタールさんから言われているので、週末のお休みも使って頑張れば、お仕事にあまり穴を空けなくて済みそうです」

セリスさんが呟くのに答えながら、頭の中で予定を復習。

今日、三樽終わらせて、週末の二連休で頑張って八樽作っちゃえば、そのうちの一樽を軟膏と丸薬の材料に使えるし、後は寝る前の時間だけでもなんとかなる。

そう思っていたんだけど、それを聞いたセリスさんは心配そうに眉を寄せた。

「それじゃあ、週末のお休みが潰れちゃうじゃない……」

そう言って、お茶のカップを指先で弄びながら思案する。

しばらくそうしてから、とっておきの笑顔を浮かべてとんでもない提案を持ちかけてきた。

「週末のお休みは、ルナと私にも少し手伝わせてちょうだい」

「ええええええ!?」

「そうすれば、『高速治療薬』は一日で作り終わるでしょう？」

「いやいやいやいや。それはそうですけど……」

「それで、その日の夜は私の部屋に二人ともお泊まり♪　どうかしら？」

「是非お願いします!!」

リエラは思わず、勢い込んで頷いた。

は!?　しまった、ダメダメ。

セリスさんのお部屋にお泊まりは、すごく魅力的だけど!!

「ま、間違えました！　ダメですダメダメ!!」

両手で大きくバッテンを作って今の言葉を打ち消そうとしたものの、セリスさんの方が役者は上だ。彼女がバッテンを見てウルルっと涙目になった瞬間、リエラはバッテンを丸に変えてしまった。

うう……リエラの馬鹿、軟弱者。

孤児院に寄付をするという私的な事情に、他の人を巻き込むなんてよくないと思うんだけど……

やっちゃいけないことだって分かっているんだけど……

ウルウルしているセリスさんが、可愛すぎるのがいけないんだ……

そんなわけで、次のお休みにやろうとしていたお仕事は、セリスさんとルナちゃんに助けてもらうことになってしまったのでした。

そうしてやってきた、女子会の日。

セリスさんの提案により、半ば強制的にお手伝いをしてもらうことになった日だ。

二人にあまり負担をかけたくないから、昨日までに作れるものは自力で作ってある。

最初の日に三樽の『高速治療薬』を作って、次の日からは毎日、夕飯後に工房に戻って一樽ずつ作った。

今日、五樽作れば軟膏と丸薬の材料も工面できる。セリスさんとルナちゃんが手伝ってくれるとなると、おやつの時間には出来上がっているかも。

自分で請けたお仕事だから一人でやり切るべきだと思うし、そうしたかったものの、セリスさんが心配してお手伝いの申し出をしてくれたわけで、断るに断れなかった……

んだけどね、困ると同時に、ちょっと楽しみだったりもしちゃうんだよね。

普段のお仕事中は個々の作業もあるからお喋りする機会はあんまりない。でも、今日みたいに同じ作業を一緒にやるなら話もしやすそうだもの。

そして予想通りというか、思った以上の速さで『高速治療薬』の作成は終わった。

「三人がかりだとあっという間ですね〜！」

「でも、リエらん一人でやるとなったら、メチャクチャ大変だよね」

「そうそう、こういう時は遠慮せずに身内を使わないと」

「でも、お昼前に終わるとは……」

そう、リエラの見込みでは三時のおやつの時間くらいだと思っていたんだけど、お昼ご飯の準備を始めるくらいの時間には終わっちゃったんだよね。

リエラが薬草を煎じている間に、セリスさんとルナちゃんが二人がかりですり潰し作業をやってくれたのが大きい。

二人とも、速くて丁寧で仕上がりも綺麗なので、もうビックリです……

「さて、午後は軟膏と丸薬もやっちゃいましょうか」

「そだねー。それが終わったら、打ち上げ会という名の女子会を心置きなく楽しめるし♪」

「いやいやいやいや。そこまではちょっと……」

せっかくのセリスさんのご提案だけど、流石(さすが)にそこまで甘えるわけには……と思ったものの、最終的には押し切られた。

うう……返せない恩ばかりが増えていく……

仕方がないので、恩を返せるタイミングが来たら全力でお返しすることにして、お昼ご飯の後は軟膏(なんこう)と丸薬を完成させる。

やっぱり三人でやると早いし、お喋(しゃべ)りをしながらの作業はいつも以上に楽しい。あっという間に時間が経っていて、全てが出来上がっていたのにはビックリした。

手伝ってくれた二人には本当に感謝だね。

いつか、二人が困った時には絶対に手助けしなくっちゃ。

今日はルナちゃんと一緒にセリスさんのお部屋にお泊まりすることになっているから、お風呂はお夕飯の後に三人で入ることになった。

いつもはセリスさんだけがお夕飯の後に入って、お掃除してから寝るんだって。

ルナちゃんとお風呂が一緒になることは割とよくあるんだけど、セリスさんとは初めて。嬉しいけれど、ちょっと恥ずかしいという複雑な心境だ。

同性でも、裸って気恥ずかしいよね。

それにしてもセリスさんは……脱ぐ前から思っていたんだけど、胸は大きすぎず、腰はキュッとくびれていて、お尻はほどよくまぁるくて……素敵なプロポーションです。

いいなぁ、流石セリスさん。

リエラも大人になったら、かくありたいものです……

体を洗うセリスさんを湯船に鼻の下まで浸かって見ているリエラを、ルナちゃんが肩を震わせながら見ているという、なんともカオスな状態だけど。

そういうこともあるよね？

……あると言ってください……

「それにしても、お風呂に浸かると一日が終わるなーって思うわね」

体を洗い終わったセリスさんが、いつも最後にお湯に浸かりながらそう呟く。

「セリ姉は特にそうだよね、いつも最後にお風呂に入るし」

「お風呂掃除のために最後に入ってるんでしたら、リエラが代わりにやりますよ？」

「ありがと、リエラちゃん。でも、お夕飯の前はその準備をしなくちゃいけないから、都合がいい部分もあるのよ」

「そっかぁ……」

リエラの言葉に、セリスさんがクスクスと楽しそうに笑う。

お手伝いができないのはちょっと残念だけど、セリスさんの笑顔が見られたのでそれなりに満足。

「そういえば、スルト君って可愛いわね」

「スルとん？」

「そうそう。この間、上着がほつれていたから直してあげたんだけど、お礼を敬語で言われた時に『ありがとう、お姉ちゃん』の方が嬉しいなーって言ってみたら、真っ赤になって口ごもりながらそう言ってくれたの。こう……耳をピコピコさせながら！」

ふふふ、と思い出し笑いをしながら、手でスルトの耳の動きを再現してみせるセリスさん。

その仕草がまた可愛い。

……って、いやいやいやいやいや。今、聞き捨てならぬことを聞いちゃいましたよ。

「スルト、ずるい！」

「おお？」

「リエラもセリスさんのこと、『お姉様』って呼ぶの我慢してるのに！　先に『お姉ちゃん』呼ばわりするなんて許せない……！」

「えぇえ？」

思わず立ち上がって、拳を振り上げて力説してしまう。

はっと正気に戻って二人を見ると、ルナちゃんは大爆笑。

セリスさんはキョトンとしたお顔だ。

うわあああああああ！　やっちゃった!!

うっかりカミングアウトしてしまってリエラは大慌てだったんだけど、当のセリスさんはなんだか満更でもなさそうだから、なんというか……セーフ？

心の中で『お姉様』呼ばわりされていたことは、特に気にしてないっぽかった。

リエラは、ほっと一安心です。

セリスさんに変な目で見られたら、二度と立ち直れないもん。

……と、そんな風に思っていたんだけど、お風呂から上がってセリスさんのお部屋に着いた途端、その話をルナちゃんが蒸し返す。

「さてさて、リエらんの『お姉様』呼びの件は横に置いといて……」

「!!」

「その言い方じゃ、横に置けないわよ？　ルナ」

「ワザとだからいいの♪」

「ルナちゃぁぁん……」

セリスさんは笑っているけど、リエラは涙目です。

「セリ姉も、リエらんに懐かれているのは元々分かっていたから大丈夫だよ？　そんな顔、しなさんなって」

「うう……だってぇ……」

「私もリエラちゃんのこと、大好きよ」

セリスさんはそう言いながら、リエラのことをぎゅっと抱きしめてくれる。

湯上がりの石鹸の匂いがとってもイイです、セリスさん。

思わずリエラが抱きつくと、優しく頭を撫でてくれたものだから、ついうっとりしてしまう。

「はいはーい。二人で仲よくするのはいいけど、私のことも忘れないでー？」

ルナちゃんが苦笑いしながら横やりを入れてこなければ、もう少しセリスさんの『ぎゅう』を楽しめたんだけど、一人だけ放置は可哀相なので、渋々抱きついていた手を離す。

「そういえば、女子会って何か特別なことしたりするの？」

女子会っていうのが、そもそもなんなのか分からなかったのでそう聞くと、ルナちゃんは待ってましたとばかりに拳を握って力説する。

「女子会の目的！　そう、それはコイバナ!!　それなくしては語れません!!」

「あら、みんなで夜遅くまで楽しくお喋(しゃべ)りするだけでも女子会じゃないかしら？」

「ええええ……。セリ姉、ソレじゃ盛り上がらないよぉ……」

お茶を淹(い)れながら、にこやかにツッコミを入れるセリスさんに、ルナちゃんは涙目だ。

だけど、この中でコイバナで盛り上がれるのはルナちゃんだけな予感。

「コイバナって言われても、リエラが特別好きな人はセリスさんくらいだしなぁ……。あ、念のため言っとくと、恋愛対象じゃないからね？」

「私の方も恋愛対象になるような人との接触がないから、なんとも言えないわねぇ。スルト君も可愛いけど、どちらかというと弟に近いイメージだし……」

「おおう……。二人とも、その歳でそんな枯れたこと言ってちゃダメだよー！　恋しよ、恋!!」

熱心に主張するルナちゃんの姿に、セリスさんと顔を見合わせてから、同時に同じ言葉を口にする。

「「そういうルナ（ちゃん）の、コイバナが聞きた～い！」」

「うえええええ～!?」

部屋の中にルナちゃんの悲鳴が響き渡った。

「ううう……」

気になる人の名前を白状させられたルナちゃんは、テーブルに突っ伏して、ぐったりとしている。

人にコイバナを話せと迫るクセに、自分のを言い渋るのはよくないぞ、ルナちゃん。

そんなルナちゃんを見ながら、セリスさんがクスクスと笑う。

「まぁ、確かに最近のルナは、スルト君と随分仲いいものね」

「スルトかぁ……。まぁ、悪いやつじゃないけど……」

リエラは、ちょっぴり複雑な心境だ。

だって……スルトだよ？　スルト。

「もー……、二人ともヒドスギル。私の話を聞いたんだし、リエらんのもぉー！」

ぶーっと、ふくれっ面でルナちゃんが要求する。

「でも、本当にそういう対象いないんだよねぇ……」

「えー……。ラー兄とかター兄とかはー？」

「ラー兄？」

ルナちゃんは自分の気になる相手を聞き出されたせいか、リエラからもなんとか聞き出そうと躍起（やっき）になっている。

ラー兄とかター兄ってダレデスカ。

「ああ、アスラーダ様がラー兄で、アスタール様がター兄よ」

首を傾げるリエラに、セリスさんが注釈を入れてくれたので、なるほどと頷きつつ考えてみる。

「なるほど。アスタールさんは、なんとなくアスタールさんという生物、って感じ？　アスタールさんって顔はいいけどちょっと抜けているからなぁ……。万が一リエラと恋人同士なんかになったら、ボケボケコンビになっちゃいそうじゃない？」

「確かに、ター兄って抜けてるところあるよね」

「うっかりさんなところが可愛い♪　とかはないのかしら？」

「リエラはもっと、頼れそうなタイプの方がいいかなぁと。甘えっぱなしになりたいわけじゃないんですけど……」

「確かに少し頼りないところもあるわね。それがアスタール様の可愛いところでもあるとは思うけど」

「え、セリ姉って、やっぱりター兄が好みなの？」

「私はどちらかというと、年下で守ってあげたくなるタイプの子がいいわ。そうねぇ……リエラちゃんが男の子だったら好みのタイプだったかも？」

そのセリスさんの発言には鼻血を噴きそうになった。

男の子じゃなくて、残念無念！

ソレはソレとして、アスタールさんって身近にいる二人にとっても恋愛対象外なのか……

「それに、アスタール様には心に決めた方もいらっしゃるし」

「え⁉　どこの氏族の子？」

セリスさんが口にした言葉に、ルナちゃんは大喜びで食いつく。

「ふふ、グラムナード民ではないわよ。それに、そういうお話はご本人から聞かないとね？」

「外の人ってことだよね⁉　一体、いつ、どこで知り合ったの～？」

「あらあら。アスタール様は錬金術師ですもの」

「そうだけどぉ～！」

錬金術師であることと、どう関係があるのかな？　リエラはわけが分からず首を傾げた。

セリスさんも、最初から詳しく話すつもりはなかったみたい。フワリフワリと追及を避けていく。

うん、これはアスタールさんをダシにルナちゃんで遊んでいるね？　セリスさん。

そうして十分後には、答えをはぐらかされまくって、うなだれるルナちゃんの姿があった。

「うう～。セリ姉のいけずぅ……」

「アスタール様に聞いて差し上げたらいいのに。喜んで教えてくださるわよ？」

「むしろ、そういう話をセリ姉からター兄に聞いたことがあるっていうのが驚き。ター兄、どんな顔して話すのよ……」

「いつも通りかしら」

あの無表情でコイバナとか、聞いていても楽しくはなさそうだなとこっそり思う。

それはルナちゃんも同じみたいで「うえぇ」っという声を上げて突っ伏した。

まぁ、彼女の場合は復活するのも早いんだけどね。

「ター兄の話はおしまい！　そんじゃあリエらん、ラー兄は!?」

「アスラーダさん？　アスラーダさんはリエラのこと、妹か娘ポジションに置いてそうだからないんじゃないかな？」

「ええ……？　そうかな？　むしろ脈ありな感じに見えるけど」

「またまたぁ、ルナちゃんの気のせいでしょ」

ぎてナイだろう。

「そうかなぁ?」

アスラーダさんは病的なお父さん気質さえなければ、頼りになるお兄さんかもしれないけどねー。大体、リエラとは年齢が倍も違うから、あっちからするとリエラは子供すぎてナイだろう。

セリスさんはリエラの言葉を聞いて、ウンウンと頷いている。

対照的にルナちゃんは、絶望的な表情だ。

「ああ……。もっと男の子も色々紹介してからこういう話をするべきだったのか……。自分のことだけネホリンハホリンされるなんて悲しすぎる……」

がっくりとうなだれるルナちゃんだったけど、すぐに気合いを入れ直して顔を上げる。

「もう、コイバナは終わり! もっと他の楽しい話をしよー!」

「そだねー」

「その方がよさそうね」

リエラもセリスさんも快く同意して、その後は女の子同士の話をしながら楽しく夜を明かした。

たまにはこういう休日もいいものだけど、ルナちゃんの挙げた候補にレイさんが入ってなかったのは、なんでかなぁ。

女子会が終わった翌日の朝。

今はセリスさんと二人、リエラの部屋であるモノを調合中です。

ルナちゃんは友達との約束があると言って出かけたけど、その友達っていうのはスルトのこと。

いわゆるデートってヤツだよね？

今度またセリスさんと一緒にネホリンハホリンしてやろう。

「そうそう、そんな感じでかき混ぜてね」

「わ、色が変わってきました！　セリスさん！」

オリーブ油とハーブの精油と『高速治療薬』（失敗品）とを混ぜて、せっせとかき回していくと、最初はボウルの底まで透けて見えていた混合液がだんだん白っぽくなっていく。

それを更に混ぜていったら、なんと最後には白いクリームの出・来・上・が・り！

「こんな感じですか？」

セリスさんに見せると、かき混ぜ棒についたものを手の甲につけてから匂いを嗅いで、ＯＫサイン。

そのまま手に薄く伸ばして、にっこりと微笑む。

「とってもよくできているわ」

満面の笑みで、セリスさんからお墨付きがもらえた。

今作っていたのは、ケアクリーム。

いつも週末に量産してしまう『高速治療薬』の失敗品の処理に困って、とうとう昨日の夜、世間話のついでにセリスさんに相談してみたら、これを作ることを勧められたのだ。

曰(いわ)く、多少の肌荒れならこれだけで十分スベスベお肌になるんだって。

お年頃の女の子なら、一つは持っているべきだとかなんとか。全身に使えるそうなので、今日からリエラも使ってみるつもり。

このクリームのいいところは、廃品が利用できる上、作るのに腕力があまり要らないことだと思う。

それに、このクリームは軟膏(なんこう)みたいに硬くないので塗りやすそう。

混ぜる精油によって匂いや効果が変わるそうだし、今度色々と試してみようかな？

グレッグおじさんのところに納品する時、お試し用に少し持っていってもらって、次回来た時に感想を聞いてみてもいいかも。

あ、使用期限も長めで半年はもつから、孤児院にも持っていってもらおうかな。

水仕事した後に塗ってもらえれば、シスター達の手荒れがマシになるよね。原価も軟膏と比べると随分安いし、普段使いによさそうだ。

「それにしても、リエラちゃんは働き者ね」

クリーム作りが終わった後に、二人でお茶を飲んでいると、セリスさんがため息交じりにそう言った。

「実は調薬自体が楽しいから、リエラ的には遊んでる気分なんですよ」

「それならいいんだけど、無理はしちゃダメよ？」

「というか、それを言うならセリスさんの方が働き者ですよ？　毎日の家事も大変だし、お休みする日がないんですから」

「家事は……誰かがやらなきゃいけないことだもの。それに、最近はリエラちゃんがお手伝いしてくれているから大分楽をさせてもらっているわ」

セリスさんは、リエラを心配して言った言葉が自分に返ってきたことに苦笑を浮かべている。

「もっと、お手伝いさせてくれていいんですよ？」

「そうね、なら……今度からはもっと色々頼んじゃおうかしら？」

「お任せです!!」

リエラが胸をバン！　と叩いてそう言うと、セリスさんは苦笑から一転、素敵な笑顔に変わった。

その笑顔が、リエラにとっては最高のご褒美だ。

休みが明けた紅月の日。

午前中の鍛練が終わると、アスラーダさんが今まで鍛えてきた成果を見ると言い出した。

「スルトの動きも大分こなれてきたから、今日は二人で猪でも狩ってもらおうか」

「うえぇ!?」

リエラの驚きように、心底不思議そうな顔をするアスラーダさん。

「今までの練習はなんのためだと思っていたんだ？」

「だな～。リエラの魔法、頼りにしてるからな！」

スルトは、リエラが魔法を使って狩りに参加することに疑問を持っていない様子だ。

攻撃魔法の練習をしたのは確かだけど、実戦経験はないんだよ？　リエラはまだ、狩りをする覚悟なんてできてません……。

工房で昼食を取った後、迷宮へと向かうリエラの足取りは重い。

「そんなに難しく考えない方がいいぞ～？」

スルトがそう言いながら、リエラの周りをくるくる回る。

「むぅー」

そりゃあ、探索者をやっているスルトにとってはそうかもしれない。

でも、リエラは狩りなんてしたことないんだよ。

生き物を害する目的で魔法を使うのは勇気が必要だから、そんなに簡単に言わないでほしい。

歩きながら炎麗ちゃんに何やら指示していたアスラーダさんが、そんなリエラ達を見て折衷案(せっちゅうあん)を出してくれる。

「リエラには補助魔法もあるだろう？　あれを一通り使ってみるといい」

「へえ！　そんなのもあるのか」

アスラーダさんの言葉に、スルトは目を輝かせる。

そういえば、スルトに限らず獣耳族や獣人族の人達は、基本的に魔法は不得手なんだっけ。

まあ、その辺りは例外もあるらしいけど。

「それなら、なんとか……？」

生き物を直接傷つけるわけじゃないから、心理的な抵抗は少ない気がする。

「一応、手順を決めておこう」

「さんせー！」

「あ、助かります」

「まず獲物を見つけたら、リエラはスルトに身体強化の魔法をかける」

「師匠、身体強化って、どんな感じなんだ？」

「……一度、強化状態での動きを確認しておいた方がいいな」

確かにその通りだと、迷宮に入ってすぐの石碑の辺りで、身体強化の魔法を試してみる。

強化魔法を使うと、動きが素早くなったり力が強くなったりするらしい。らしいっていうのは、自分にかけてみたことがないから。

だって、日常生活では必要ないじゃない。

何はともあれ、スルトが強化状態に慣れるため、移動中も魔法をかけ続けることになった。

「強化状態を解除しないようにしつつ、できれば攻撃魔法で牽制もできるといいな」

「うう……。善処します」

強化魔法を使いながら、余裕があったら攻撃魔法も使えってことだよね？

慣れてないと、結構難しそう。

「まあ、当てる必要はないから、相手が危機感を覚える場所に魔法を撃ち込んでくれ」

「それならなんとかできるかも……？」

ウッカリ当てちゃった時は思い切り動揺しそうだけど、その時はその時……と。

「リエラが使える攻撃魔法って？」

「一番練習してるのは『風弾（ふうだん）』かなあ」

「『風弾（ふうだん）』ってどんなん？」

「簡単に言うなら、魔法で作ったカマイタチだな。当たると風の刃が相手を引き裂く。だが獲物の胴体を傷つけると毛皮が使い物にならなくなるから要注意だ」

スルトの疑問にアスラーダさんが答えているのを聞きながら、こっそりとため息を吐く。

こう、なんというかモヤモヤと息苦しいような気分。生き物を傷つけるかもしれないっていうのは、やっぱり嫌なものです……

ちなみに、この迷宮にいる猪は季節によって毛皮の色が変化する『花猪（はないのしし）』。今リエラ達がいるのは春の森だから、若草色の毛皮に淡色系の花の模様があったはず。

花猪の特徴は、本当に咲いているように見えるほど精巧な花の模様なんだって。

その毛皮は、絨毯とかに加工されるみたい。

肉は食用にもなるんだろう……と思う。孤児院では食卓にお肉が出てくることは稀だったし、猪も食べたことがないんだよね。

つらつらと考えごとをしながら歩いていたら、どこかに飛んでいっていた炎麗ちゃんが戻ってきた。アスラーダさんの肩に留まって、囀りながら頭を擦りつけている。

そんな炎麗ちゃんを撫でてあげながら、アスラーダさんが何やら話しかけていた。

「炎麗が猪を見つけてきた。案内させるから、心の準備をしておけ」

「了解です、師匠」

アスラーダさんの言葉に、スルトはビシッと敬礼をして、飛び立つ炎麗ちゃんを追う。

敬礼なんて、そんなのいつ覚えたんだろう？

負けちゃいられないと、リエラも背筋を伸ばす。

えーと、リエラのお仕事は調薬……じゃなくって、猪の足元とかに牽制のための『風弾』を撃つこと！　本体は狙わなくてもイイ!!

よし、が……頑張るよー……。

炎麗ちゃんが見つけてくれた花猪は、リエラが想像していたよりも大きな生き物だった。

本を読んで想像していた花猪は、頭の位置がリエラの腰くらいかと思っていたんだけど……実物の頭の位置はリエラの身長と大差ない。

こんなに大きい生き物と命のやり取りをするなんて有り得ないよ！　だって、隠れて見ているだけでも足が震えちゃうもん……

これを、『狩る』の？　『狩られる』の間違いじゃなく？

「リエラ、牽制よろしく！」

スルトが小声で叫びながら、弾かれたように飛び出す。

「リエラ、『風弾』」

耳元で囁かれたアスラーダさんの声に、反射的に詠唱の言葉が出る。

「我命ず」

その言葉と同時に、微かに空気が手元に集まるのを感じた。

スルトは花猪の鼻先に刃を走らせ、相手の敵意を自分に向けると、その突撃を軽快に躱す。

どうやら花猪は、真っ直ぐ突撃することしかできないみたい。何度も何度も行きすぎては引き返してきて、その長い牙でスルトの体を貫こうと突進していた。

「そは、見えざる刃也」

意外。結構、動きは単調なんだな。

とはいえ、動きのパターン自体は単調でも、速さと勢いがある。スルトも最初のうちは楽々と避けていたのに、今のはちょっぴり危なかった。

二節目を詠唱したところで、手元に集まる空気の量が増え、その性質が敵を切り裂くために変化する。

「求めに従い敵を討て」

詠唱が終わると同時に、手元で完成した風の刃が花猪の前足に向かって飛び出す。

風の刃は花猪の足を切り落とし、赤い血の花が辺りに撒き散らされた。

気が付くと、リエラはアスラーダさんの背中に揺られて森の中を進んでいた。

何があったんだっけと思い出そうとしてみたものの、牽制（けんせい）のために『風弾（ふうだん）』の呪文を詠唱したところからの記憶がない。

前を歩くスルトには少し擦り傷があったけど、目に見える大きな怪我はなさそうだ。

「気が付いたか？」

「えっと、はい。……何があったんでしょう？」

聞いてみると、リエラは花猪の前足の一本を『風弾（ふうだん）』で切り落としたらしい。

で、花猪が自らの体重を支えきれずに倒れたのと同時に、何故かリエラも倒れた……と。

うう……恥ずかしすぎるし、申し訳ない……

なんともいたたまれない気持ちになりながら、渋るアスラーダさんの背中から下ろしてもらって自分の足で工房に戻る。

アスラーダさん、そんなに心配しなくても、変な病気とかじゃないですってば！

でも結局、家に着いてセリスさんの顔を見たら緊張の糸が切れてしまって、次に気が付いたのは翌日の朝日が昇ってくる時間だった。

ちなみにリエラが眠ってしまった後、アスラーダさんはセリスさんにコテンパンにされたらしい。その時のことを、スルトがこっそりと教えてくれた。

朝食の後にアスラーダさんから謝られたけど、正直なところ彼は全然悪くない。

だってさ……迷宮に入るってことは、動物や魔物に襲われる覚悟をしておかないといけないってことだ。

それなのに、いざ戦おうとして、その前に倒れるなんて……

アスラーダさんがいなかったら、死んじゃっていたんじゃないかな？

要は、単純にリエラに覚悟が足りなすぎたってだけだ。逆にリエラの方こそ、アスラーダさんに申し訳ない。

セリスさんは戦闘訓練をすること自体についても、アスタールさんに猛抗議したそうだけど、リエラの方からお願いして、訓練は継続してもらうことにした。

いざという時に身を守る手段があるのとないのとでは、心構えも違うと思う。

とはいえ、戦闘となるとまだ心構えができてなさそうだから、もう少し様子を見てもらうことにした。

エピローグ

その日の午前中は休ませてもらったものの、午後からはいつも通りお仕事に取りかかる。

「仕事熱心なのは悪くないのだけれど……」

「昨日倒れたばっかりなんだから、今日くらい休んでもいいんじゃなーい？　リエらん？」

セリスさんとルナちゃんは心配してこう言ってくれるけど、なんだか落ち着かないんだよね。

「でも、今日はお休みの日じゃないし……」

言葉を濁したものの、言いたいことは伝わったらしい。

「リエらんは真面目だねぇ～」

「そこがリエラちゃんのいいところでもあると思うけど」

ルナちゃんは呆れ顔だったし、セリスさんは苦笑を浮かべていたけれど、それ以上は口にしないでいてくれた。

「きっと、リエラは病気なんですよ」

「病気⁉」

リエラが病気だと聞いて目を丸くするセリスさん。

「はい。びんぼーしょーっていう病気です。働いてないと死んじゃうみたいな？」

そう説明すると、彼女は深刻そうな顔をして黙り込んでしまった。

セリスさん、今の笑うとこ！

内心慌てるリエラに、ルナちゃんが苦笑交じりにツッコミを入れてくれる。

「いやいや、リエらん。それ、病気じゃなくって性分じゃない？」

「あ、そうかも」

「もう、リエらんってばおボケさん～♪」

テへへと笑いつつ、チラッとセリスさんを見れば、彼女はきょとんとした顔で目を瞬く。

「……もう！　からかうなんてひどいわ」

やっと意味が分かったらしいセリスさんは、頬を膨らませて口を尖らせるという子供っぽい表情で文句を言ってくる。

その表情もまた、新鮮で可愛いです、セリスさん！

普段とのギャップがたまらなくて、思わずにやけてしまう。そんなリエラ達の様子を眺めていたルナちゃんが、とうとう呆れ顔で呟いた。

「リエらんもセリ姉のこと好きすぎだけど、セリ姉も大概だよねぇ～」

思わず顔を見合わせるセリスさんとリエラ。それを交互に見つめてため息を吐くと、今度はルナちゃんがぷくーっと膨れてしまう。

「リエらんとセリ姉ばっかり仲よくしちゃって、ずーるーいー！　あたしもちゃんと交ぜてくれないとさーみーしーいー‼」

椅子に座ったまま足をばたつかせるルナちゃんの姿が、なんだかコミカルでおかしい。リエラ達が思わず笑い出すと、本人も「笑うなんてひどい」と言いつつ一緒に笑い始めた。

三人で一緒に笑っているうちに、リエラが目を覚ましてから感じていた、なんとなくピリピリした雰囲気がどこかに飛んでいってしまう。

笑うと緊張が飛んでいくってシスターが昔言っていたけれど、本当なんだなぁ……

その翌日、いつも通りに『水と森の迷宮』へと向かう。

今日の目的は、一昨日リエラが倒れてしまった原因を探ることだ。

昨日、目が覚めてから聞いたんだけど、スルトが『心当たりがある』って言うんだよね。

「リエラちゃん、本当に大丈夫？」

「はい。もう、大丈夫です！」

心配そうなセリスさんに見送られて工房を出て、外町を歩きながら、スルトに『心当たり』について訊ねてみることにした。

なんだかセリスさんのいるところでは聞きづらかったんだよね、コレ。

「スルト」

「ん？」

「アレって、ほんとにほんと？」

「昔リエラが血を見るたびに気を失ってたって話？」

「うん、それ」

そんな記憶は全然ないんだけど、スルトが言うにはそういう事件が何度かあったらしい。

実際、『血が怖い』っていう感覚があるのは確かなんだけど……

子供がたくさんいる孤児院で、擦り傷や切り傷は日常茶飯事。転んで擦りむいた膝を抱えて泣いている子の手当ては、年長の子のお仕事だ。

そういったお仕事をするたびに、気絶していられるわけないよね？

リエラも怪我した子の手当てはちゃんとやっていたし、スルトの勘違いだと思うんだけどなぁ……

「ほんとほんと」

「でも、小さい子の怪我の手当てとかはちゃんとしてたよね？」

「一応は、な」

スルトから返ってきたのは小馬鹿にしたような返事。『一応』ってなんだ、『一応』って。

ムッとしていると、優しくて大きな手がリエラの頭に乗せられた。

「今日は、それを確認しに行くんだろう？」

アスラーダさんがなだめるように軽く撫でてくれる。

それだけなのに、スルトの態度に波立っていた気持ちが不思議と落ち着いていく。

「……そうですね」

「リエラ、師匠といちゃついてないでさっさと行かないと、ひーがーくーれーるー！」

先に歩いていっていたスルトが遠くから叫んでいる。

「ちょ……！　いちゃついてないよ⁉」

全く、スルトは分かってない。

リエラなんかといちゃつくほど、アスラーダさんは女性に困ってないよ。むしろ、もてすぎて困っている方だ。

きちんとその辺もスルトに教えておかないと、と思いつつ足を速めた。

迷宮に入ると、アスラーダさんはスルトが一人でも倒せるような獲物を探す。

今日、リエラが確認することになっているのは三つ。

その一、他の人が戦っているのを見るだけなら大丈夫かどうか。

これは、グラムナードに着くまでの旅路(たびじ)で経験済みだから問題ないとは思う。ただ、あの時は戦っている現場と離れたところにいたから、近距離だとまた話が違うかも。

その二、血が流れない方法でなら狩りをすることは可能かどうか。

これに関しては……ちょっと微妙？　一昨日(おととい)倒れてから、どうもリエラの心には臆病(おくびょう)虫が住みついたらしい。頭の中で生き物を傷つけることを想像するだけでも、心臓の辺りがキュッとなる。

その三、どの程度までなら、血を見ても取り乱さないでいられるか。

死んだばかりでまだ血が流れている獲物を処理することができるかどうかを試すらし

い。これは大丈夫だと思うんだけど、スルトの反応を見ていると微妙なのかな……？

——結果から言おう。

その一に関しては、戦ってる人から十メートルくらい離れていれば、きちんと自分の足で立っていられる。少しずつリエラの立ち位置を変えて試していった結果、それ以上近くになるとダメだった。

その二は、全然お話にならない。魔法で攻撃するぞ！　と思った瞬間に喉がカラカラになって声が出なくなった上、頭の中が真っ白になってしまって魔法を発動するどころじゃなかった……。自分の根性なし加減が嫌になる。

その三に関してだけは、少しマシだ。スルトが獲った血の滴る森兎を前にして、意識は半分飛んでいたみたいだけど、内臓以外はきちんと処理することができた。生温かくなければばっていう、条件付きだったけど。

結局、リエラが一昨日（おととい）倒れたのはスルトの言う通り『血』が原因らしい。

その一でダメだったのも、血が飛び散るのが視認しやすい距離になった途端。内臓処理ができなかったのも、処理中に血の塊（かたまり）が出てきたせいだ。

もう、疑いようがないよね。

あと、それに追加で『リエラ自身』が『故意に傷つけること』も原因だったらしい。

「しっかし、温かいと気持ち悪いだなんて、リエラも大概めんどくさいよなぁ……」

スルトが文句を言っているわけは、狩りたての兎の死骸(しがい)を渡された時に、生温かくて柔らかいのがどうにも気持ち悪くて投げ返してしまったせいだ。

顔に当たっちゃったのは悪かったけど……

でも、耐えられなかったんだよ……

「そうは言っても、普通に生活していれば獲ったばかりの兎を解体する機会なんてないだろう？　仕方がないんじゃないか？」

アスラーダさんもフォローしてくれたけど、スルトは腹の虫が治まらないらしく更に言い募る。

「でも、さっきまで生きてたんだから、あったかくて柔らかいのは当たり前だろ？」

「スルト……。俺も最初は、その状態で触るのはきつかった記憶があるぞ」

「師匠が？　マジで？」

「これでも箱入りだったからな……」

意外だ。アスラーダさんが箱入り息子だったなんて。

領主代行をしながら探索者をやっている今は、ちょっぴり放浪息子だと思う。

念のためもう一度言うけど、放蕩(ほうとう)息子じゃなくって、放浪息子だ。グラムナードに何年も前から住んでいるって言っていたのに、何故かエルドランにいたし。

それはそれとして、アスラーダさんも狩りたての死骸は苦手だったという事実に、こっそりと安心してしまった。

とりあえず、血抜きされて冷たくなっていれば触れるし、解体作業も大体はできるというのが分かったのは収穫だと思う。

初めて剥いだ皮はあちこち穴が空いているけど、魔法で補修する方法があるから特に問題はないらしい。

お肉の状態も、自分達で食べるだけなら……一応、なんとかなる。早速焚火をおこして焼いているところだ。

リエラ達の場合はお昼を食べてから迷宮に入るから、今みたいにその場で食べる機会もあまりないし、気にしなくて大丈夫かな？

「もう、食っていいかな？」

「まだ火が通りきってない」

焚火の周りに刺して焼いている肉から脂が落ちるたびに、スルトの尻尾がピコピコ揺れて、待ち切れない気持ちを強烈に主張している。

そういえばリエラも、なんだか急にお腹がすいてきた。

考えてみれば、今日はお昼ご飯をあんまり食べられなかったんだよね。

「――そろそろよさそうだな」

その言葉を聞いた瞬間、スルトが焼き串を真っ先にかっさらい、アスラーダさんもほぼ同じタイミングで串を手に取る。

二人ともそんなにお腹が減っていたのかと目を丸くしていたら、二つの串が同時にリエラに差し出された。

「ふえ⁉」

「リエラ、食えよ」

「お前は昼にあまり食べてこなかっただろう？」

そう言ってリエラに串を押しつけると、それぞれ自分の分を手に取り食べ始める。

二人とも、リエラがお昼ご飯をあまり食べられなかったことに気が付いていたらしい。

そんな些細なことでも、気にかけてもらえていたのが嬉しくて、胸の中が温かいもので満たされていく。

お礼を口にしてからかじりついた兎の串焼きは、なんだか特別美味しいような気がした。

帰り道で採った野菜や薬草を抱えて工房に戻ると、もう日が落ちそうだった。

きっと、セリスさんがやきもきしながら待っているに違いない。そう思ったら、自然と足が速くなる。

工房の入口が見える場所まで辿り着くと、案の定、セリスさんがそわそわした様子で首を伸ばしていた。

「セリスさ～ん！　ただいま～!!」

リエラがそう叫んだら、彼女の表情がパッと明るくなる。

「リエラちゃん、おかえりなさい！」

セリスさんが手を広げるのと、リエラが駆け出すのは、どっちが先だったんだろう？

気が付いたら、リエラはセリスさんの腕に抱きしめられてクルクルと回っていた。

「あら……ふふふ。これじゃあ、まるで生き別れていたみたいね」

ふと、自分の熱烈すぎる歓迎っぷりに我に返って呟くセリスさん。

「確かに……！」

リエラも同意して、二人で顔を見合わせて笑う。

そんなリエラ達を、騒ぎを聞きつけて外に出てきたルナちゃんが生温かい目で見ていた。リエラは我に返って赤面する。

何はともあれ、リエラが倒れた原因にも見当がついたことを話すと、セリスさんの表情がほっとしたように緩んだ。

「原因も分かったみたいだし、リエラちゃんも元気に帰ってきたわけだから、今日はごちそうにするわね」

「お肉！」

「お肉!?」

ごちそうと聞いて真っ先に思いつくのは、孤児院ではめったに食べられなかった『お肉』。思わず声を上げたリエラに続いて、スルトまで喜びの声を上げていた。

おやつに兎の串焼きを食べたけど、それはそれ。

お肉が食べられるのは、いつでもリエラ達には嬉しいことだ。

「お肉がいいの？　それじゃあ、お肉をメインにして……」

機嫌よく呟いて調理場へと歩いていくセリスさん。それを見送って、スルトと喜びのハイタッチ！

ついでにレイさんともハイタッチ！

「あれ？　レイさんがいる……」

「リエラちゃん、今日は元気に戻ってきてよかったよ」

いつの間にか外町から帰ってきていたレイさんに目を瞬くと、彼はそう言って微笑む。

なんか、レイさんにも心配をかけてしまっていたみたい。

「はい、今日は大丈夫です」

「まあアスラーダ様が一緒だから、そう続けて危険な目に遭うとは思ってなかったけど」

「アスラーダさんは頼りになりますからね」

レイさんの言葉に頷きつつ無難な返答をしていると、急に後ろから誰かが抱きついてくる。

「ラー兄は、必死でかばいそうだしねー♪　リエらん、無事で何より！」

「うひ!?　ルナちゃんも心配してくれてありがとうー！」

なんとか返事をしたものの、リエラの心臓はドキドキだ。

いきなり後ろからは、ビックリしちゃうよ！

「それより、アスタール様も心配しているだろうから報告に行ってあげて」

ビックリしすぎて胸を押さえているリエラから、ルナちゃんをはがしつつ、レイさんがそう勧めてくれた。

確かに、先にアスラーダさんが話しに行ってくれてはいるけど、本来はリエラが報告しに行かなきゃいけないよね。

二人にまた後で、と手を振って、リエラはアスタールさんの執務室へと向かう。

「ああ、リエラ。無事に戻って何よりだ」

執務室に入ると、機嫌よく耳を揺らしながらアスタールさんが言った。

アスラーダさんからの報告はもう終わったらしい。

「今後、迷宮に入る際の方針だが――」

アスタールさんの話に耳を傾けながら、リエラは明日からもまたこの工房で教えを受けることができそうだと、心の中で胸を撫で下ろしていた。

書き下ろし番外編

はじまり前のひと騒動

僕は、レイ。

迷宮都市として知られているグラムナードを治める領主の甥で、もうすぐ十六歳になる。

僕が生まれ育ったグラムナードは、かなり閉鎖的な町だ。どれだけ閉鎖的かというと、迷宮に人が集まるようになったので、古い町の外にそれら新参者を受け入れるための町を作ってしまうほどだ。そうして作られたのが『外町』で、複数の迷宮と、そこで活動する人々のための施設がある場所だ。

外町はとても広いから、対外的にはこちらの方が本体だと思われていそうだと僕は常々思っている。実際には、領民として登録されることはないから、外町に住んでいる人は全員、出稼ぎの人足扱いなのだけど……

グラムナード神民国と呼ばれていた頃からあったのが『中町』で、そこには輝影族と光猫族の二種族だけが暮らしている――今のところは。

ちなみに、十六歳と言えば成人している年齢なので、当然のことながら僕も仕事に就いている。

勤め先は、グラムナード錬金術工房。

従兄のアスタール様が、祖父から受け継いだ工房だ。

仕事の内容は、外町支店の雇われ店長なんだけど――実際には店長と言っても名前だけ。部下はいなくて一人きりだから、他人に気を使う必要がなくお気楽で、僕としては今の待遇に満足している。

それに……閉鎖的な中町から、短時間でも離れられるのは悪くない。

何せグラムナードは、少子高齢化が進んでいて、同年代の者は片手で数えられるほどしかいない。それに引き換え、外町には老若男女問わず人がたくさんいる。どちらが魅力的かなんて、言うまでもないでしょう？

僕は、断然『外町派』。

仕事は忙しいし嫌なこともあるけれど、それだって日々の暮らしのスパイスだ。様々な人と話し、触れ合うことができるこの仕事を、僕はかなり気に入っている。

そんな充実した日々を送る中、年越しを間近に控えたある日のこと——

僕がたまたま探索者組合に足を運んだ、その日に事件は起きた。周囲がやたらと騒がしかった——というのは、後になって気付いたことだ。

「レイ君、大変っ！」

受付に向かう僕に慌てた様子で声をかけてきたのは、仲よくしている丸耳族の受付嬢。

「こんにちは、アレットさん。いつになく騒がしいけど——大変って、どうしたの？」

普段なら昼時を過ぎた今時分は、探索者の姿も少なくて静かな時間のはず。なのに、今日はやたらと人が多くてざわついている。

アレットさんは話好きなタイプで、比較的口の滑りがいい方だ。ちょうどよい相手が声をかけてくれたと思いつつ訊ねると、彼女は勢い込んで話し出す。

「竜が突然現れて、探索者を何人かさらっていったのっ」

「竜——？」

「そう！　しかも、その中に領主代行もいたって話で……」

一瞬、思考が止まった。

領主代行というのは、アスタール様の兄のアスラーダ様のことだ。書類仕事の気晴らしに、迷宮に足を踏み入れることもよくあるけれど……まさか、そのタイミングで事件に巻き込まれるとは。

「とりあえず、順を追って説明してもらえるかな」

そっと彼女の手を取り笑いかけると、慌てていたのが嘘のように静かになった。

「まずは、さらわれた人数から——」

「ひゃっひゃいっ！」

……『噛んでるよ』って指摘は、しない方がいいよね？

受付嬢から話を聞き出した結果、どうやら竜に連れ去られたのは、アスラーダ様の他にも三人いるということが分かった。

犯人（犯竜？）は、元々この町の迷宮で活動している探索者で、誰もが彼を丸耳族だと思っていたらしい。仲間と、和やかにもうすぐ生まれる子供の話をしているのを、多くの人が聞いたそうだ。

いい、子供の話題と聞いて嫌な予感がしたけれど、考えすぎだろうと思いつつ質問を一つ投げかける。

「話していた相手の反応は聞いてる？」

「え？　そうですねぇ……『大変だな』とか『妬(ねた)ましい』とかじゃないでしょうか？」

どうやら彼女は、その現場を見かけたわけではないらしい。仕方がないので、情報を得ようと聞き耳を立てている周囲の人を見回し、声を張る。

「『手伝ってやる』とか『子供が欲しい』とか言ってるのを聞いた人はいる？」

「ああ、いたいた！『俺も子供が欲しい』って言ってたヤツ」

そう教えてくれたいかつい男は、「子供の前に『嫁と』ってセリフもついてたが」と言ってケラケラ笑う。

「そんでもって、『それじゃ、嫁にも会ってほしい』的なことを言い出したヤツと、そいつにくっついてった連中が外に出た途端、ヤツの姿が突然竜の姿になってな。ポポポイッと背中に連中(被害者達)を放り投げて、そのまま空を飛んでったってわけだ」

「やっぱり……」

悪い予感ほど当たるというけど、本当だ。

「んで、あんちゃん。心当たりがあんだろ？　ありゃ、一体なんなんだ？」

現場にいたらしいこの男は、目の前で起きたことの真相が知りたくて情報提供してきたのだろう。この場に集まっている連中を安心させるためにも、自分の持っている情報を隠さずに開示した方がいいかもしれない。余計なことを言ったと叱られたら、その時はその時ってことで――

「それは……うん。間違いなく、竜人族だろうね」

「竜人族ぅ？」

「竜人族って、え？　ホントにいるんですか⁉」

「とりあえず、中町の古老によると存在するそうだよ」

竜人族は人族に分類される種族の一つで、育て親と同じ種族に擬態する習性がある。

ぶっちゃけ、竜の姿でいると面倒事も多いからと、擬態した姿のまま一生を過ごすことも多いそうだ。そのため身近にいない限り、その正体を知る機会はそうそうない。

「そりゃあ……ヤツの正体が分かっていたとしても、事件を防げたとは思えんな」

「僕も同感です」

「でも、そうしたら、さらわれた人達はどうなってしまうんでしょう？」

納得顔の男と僕の顔を交互に見て、受付嬢は途方に暮れた顔で眉尻を下げる。

「今まで、普通の丸耳族にしか見えなかったんでしょう？　それなら、別に取って食ったりはしませんよ」

「そうなんですか？」

「まとめて何人もさらっていったってことは、十中八九『里親候補』。だから……（身体的には）無事だと思う」

この町に戻ってこられるかどうかまでは知らないけれど——と、受付嬢から向けられる尊敬の眼差しに笑みを返しつつ、心の中でそっと呟く。これに関しては少々微妙なところだ。竜人族の里親になっていたら、しばらくは帰ってこない可能性が高い。

全く、困ったことになったものだ。

その日は午後から臨時休業の札を出して、報告がてら中町の工房に戻ることにした。

「竜人族に……？　そう……困ったわね」

僕の報告を聞いた姉のセリスは、頬に手を当てため息一つ。

「え〜？　『子供』の話題は要注意って、チビの頃から散々聞かされてるでしょ。なんでラー兄は、そんな話題に相槌打っちゃうかなぁ？」

一緒に話を聞いていた妹のルナは、わけが分からないと口を尖らせる。ちなみに、『ラー兄』と言うのは、ルナが勝手につけたアスラーダ様の愛称だ。

現在は疎遠になっているものの、竜人族はグラムナードの民と友人のような関係だった。だから、子供の頃に彼等の話を聞かされて育つ人が多い。猫と同様、気まぐれな性質を持つ彼等に振り回されずに済むよう、注意事項と共に。

「五歳の時に叔母上が王都に連れ去って以来、兄上は十八歳になるまでこの地に戻ることはなかったのだ。だから身近に、竜人族の話をしてくれる者がいなかったのだろう」

「それはそうだけど――叔母様は教えなかったの？」

「教育係は小人族だったらしいから、おそらく……」

「なるほろ～。んじゃ、仕方ないのかなぁ？」

アスラーダ様がグラムナードに戻ってきたのは、先代の錬金術師である祖父が亡くなった六年前のこと。寝かしつけされる年でもないから、知らなくても無理はない。

そう考えると、人の話に相槌を打っただけで竜人族にさらわれた彼は、ツイていないにもほどがあると言える。

「……っていうか、アスラーダ様は随分とよくさらわれますね」

子供の頃には叔母にさらわれ、今回は竜人族に……。『一度あることは二度ある』なんて話も聞くけれど、本人にとってはたまったものではないだろう。

「あ～確かにね～！　プププ、可哀相に……」

思わず呟いた言葉に反応して、肩を震わすルナのわき腹をひじでつつく。不謹慎っ!!

「しかし……兄上は王都で私の弟子候補を探すついでに、叔母上に挨拶をしてくる予定だったのだが――」

「あっ！　なら、あたし!!　あたしが行くっ」

「ダメよ、ルナ」

「え～っ！」

グラムナードから出てみたいと頬を膨らませるルナを、姉が窘める。誰もさらわれたアスラーダ様を心配していないのは、竜人族が里親に危害を加えないことを知っているからだ。

「他の町から弟子を採用するのは、次の機会になさってはいかがですか？」

「考慮する」

僕の進言にそう答えたアスタール様が年越しの祭りの後に姿をくらますなんて、その時は考えもしなかった。

しかも、そのことに呆然としたのは僕だけで、姉のセリスはいつも通りのほほんとしているし、妹のルナは「ズルい」を連呼している。

「ズルいとか、ズルくないとかの問題じゃないでしょう!?」

思わず声を荒らげる僕に、キョトンとした顔でルナは首を傾げる。

「グラムナードの生き神様、錬金術師が町を離れるなんて――ってこと？」

「そう、それ！」

「お祖父様がいなくなって六年も経つのだもの……」

分かっているのに、なんでズルいなんて言葉が出るのかと続けようとしたところで、姉が困ったように笑って呟く。

「アスタール様は、もっと自由に生きてもいいと思うわ」

姉はアスタール様から相談を受けて──同意したらしいとその時、知った。

「ものには順番というものが……」

「アスラーダ様がいらっしゃらない今が、いい機会だと思ったのよ」

か・く・し・ん・は・ん……！

アスタール様を積極的に外に出したのが、姉の独断だったことが判明して開いた口が塞がらない。

そりゃあアスラーダ様がいたら、アスタール様がグラムナードから出るなんてことは許さなかっただろうけど──

「楽しい旅になるとよいのだけど……」

フワリと微笑む姉を見て、思わず床に膝をつく。

そうじゃないっ！

そういう問題じゃないんだけどっ……！

なんでっ……なんで、こんなに話が通じないかなぁ……!!

何を想像しているのか、幸せそうに頬を緩める姉が、妹の『自分も』コールに「そのうちね」と応じている姿に肩を落とす僕の頭を、小さな従妹が優しく撫でた。

幸いなことに、アスタール様も自らの不在が招く騒動をおもんばかってくれた……らしい。そのおかげで、アスタール様の留守が他に知られることはなかったのだけど――アスタール様が帰ってきたのは、よりにもよって正面玄関。留守中の騒動を考慮してくれていたはずなのに、一体全体どういうことだと問いつめたい。

「あら、行きと同じ道ではつまらないじゃない」

と姉が笑うのを見て、僕はなんだかドッと疲れた。

「せっかく揉め事を避けたんだから、帰りもこっそり、秘密の通路からでよかったんですよ……」

「なるほど」

アスタール様は納得したように頷いたけれど、また同じような機会があったなら、また同じ行動をするんだろうなとこっそり思う。

お目付け役筆頭の姉が援護をやめる気配がないんだから、これは絶対間違いない。

新感覚ファンタジー

RB レジーナ文庫

レンタルルーナ、爆誕!!

パーティを追い出されましたがむしろ好都合です！ 1

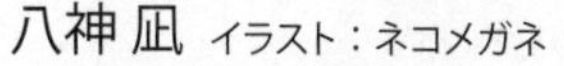

八神 凪　イラスト：ネコメガネ

定価：704円（10%税込）

補助魔法が使える前衛として、パーティに属しているルーナ。ドスケベ勇者に辟易しながらも魔物退治に勤しんでいたある日、勇者を取り合う同パーティメンバーの三人娘から、一方的に契約の解除を告げられる。彼女達の嫉妬にうんざりしていたルーナは快諾。心機一転、新たな冒険に繰り出して……

詳しくは公式サイトにてご確認ください

https://www.regina-books.com/

携帯サイトはこちらから！

本書は、2019年7月当社より単行本として刊行されたものに書き下ろしを加えて文庫化したものです。


この作品に対する皆様のご意見・ご感想をお待ちしております。

おハガキ・お手紙は以下の宛先にお送りください。

【宛先】

〒150-6008 東京都渋谷区恵比寿4-20-3 恵比寿ガーデンプレイスタワー 8F
(株) アルファポリス　書籍感想係

メールフォームでのご意見・ご感想は右のＱＲコードから、
あるいは以下のワードで検索をかけてください。

ご感想はこちらから

レジーナ文庫

リエラの素材回収所(そざいかいしゅうじょ) 1

霧聖羅(きりせいら)

2022年8月20日初版発行

文庫編集－斧木悠子・森順子
編集長－倉持真理
発行者－梶本雄介
発行所－株式会社アルファポリス
〒150-6008 東京都渋谷区恵比寿4-20-3 恵比寿ガーデンプレイスタワー8階
TEL 03-6277-1601（営業）　03-6277-1602（編集）
URL https://www.alphapolis.co.jp/
発売元－株式会社星雲社（共同出版社・流通責任出版社）
〒112-0005 東京都文京区水道1-3-30
TEL 03-3868-3275
装丁・本文イラスト－こよいみつき
装丁デザイン－AFTERGLOW
（レーベルフォーマットデザイン－ansyyqdesign）
印刷－中央精版印刷株式会社

価格はカバーに表示されてあります。

落丁乱丁の場合はアルファポリスまでご連絡ください。

送料は小社負担でお取り替えします。


ISBN978-4-434-30733-1 C0193